GEORG KREISLER

DIE ZUKUNFT, WIE SIE WAR

TEXTE

Atrium Verlag · Zürich

WENN NICHT LIEBE, WAS SONST

Wenn nicht Liebe, was sonst

Wenn nicht Liebe, was sonst? Etwa Bomben?
Wenn nicht Liebe, was sonst? Etwa Dreck?
Wenn nicht Zärtlichkeit und Spiel,
dann pack ein! Es bleibt nicht viel.
Nichts wie weg!

Wenn nicht Liebe, was sonst? Nur Gehorsam?
Aus Gehorsam bin ich nicht für dich entflammt.
Und mir leuchtet viel mehr ein,
für die Liebe tot zu sein,
als für Vaterland und Bundeskanzleramt.

Halt mir nur einen kleinen Finger an die rechte Stelle,
die potenzielle!
Und dann vergleich die Stelle mit der Stelle,
wo ein Kraftwerk einiges vollbringt
und stinkt
und Arbeit erzwingt!

Wenn nicht Liebe, was sonst? Dividenden?
Ach, an Liebe hält die Welt uns viel zu knapp.
Darum tut es mir auch leid,
dass ich dich von Zeit zu Zeit
noch bei irgendetwas anderem ertapp.
Lass nur Liebe sprechen!
Das ist kein Verbrechen.
Hauen wir ab!
All das hab ich kürzlich einer Frau gesagt.

Doch die hat »Au!« gesagt,
»das geht doch nie!«

Also hab ich's auch noch einem Mann gesagt,
doch der hat dann gesagt:
»Du spinnst! Und wie!
Die Liebe schafft zwar viel, doch schafft sie's nicht alleine.«
Doch wenn ich nachdenke, dann denk ich nur das eine:

Wenn nicht Liebe, was sonst? Etwa Hitler?
Wenn nicht Liebe, was sonst? Etwa Strauß?
Etwa Waffenproduktion,
Politik und Religion?
Nichts wie raus!

Wenn nicht Liebe, was sonst? Karriere?
Was hast du davon, wenn ich Direktor bin,
wenn der Dollar wieder kippt,
wenn der Ostblock sich ergibt?
Ohne Liebe hat das Ganze keinen Sinn.

Man gießt das Öl ins Meer, die Sonne will sich nicht mehr zeigen,
die Fische schweigen,
man spricht von Krieg und Sieg und Recht auf Selbstbestimmung
und der Völker schwerem Joch.
Jedoch
wie lange denn noch?

Wenn nicht Liebe, was sonst? Freie Wahlen?
Hat die CDU im Bett mehr Fantasie?
Macht ein Staatsbegräbnis froh?
Hat ein Kanzler keinen Po?
Aber eines weiß ich sicher irgendwie:
Dass ich ohne Liebe
sozialistisch bliebe,
glaub ich nie.

Die Gattin

Morgens dich, abends dich,
immerzu dich, dein Lächeln, deine Güte,
Frühstück dich, Zeitung dich,
nie ohne dich, auch Schlaf nicht, Gott behüte.
Rosen im Arsche,
stets auf dem Marsche,
treu und ergeben wachst du über mich.
Hier steht mein Teller.
Bäuchlein wächst noch schneller.
Gute Frau,
wohin ich schau,
seh ich dich, nichts als dich,
klug und mit Fleiß bei Bett und Bier und Bade.
Demütig zärtlich blicke ich dir zu.
Müde bin ich nicht, aber trotzdem hab ich Ruh.

Draußen ist Flitter,
ein kleines Gewitter,
und irgendwo schreit man: zum Teufel hinein!
Liebende huschen
durch Nischen und Duschen
und zittern vor Aufregung, glücklich zu sein.
Draußen ist Flimmer,
das Leben wird grimmer,
das Leben ist Kampf und die Liebe ist kurz.
Sandige Küste
und wehende Brüste
und sengende Sonne und flammender Sturz.

Soll ich es wagen,
den Löwen zu jagen,
das Haus zu verbrennen und hinter mir Staub?

Soll ich was brüllen?
Den Erzbischof killen?
Soll ich mich verbeißen in das, was ich glaub?
Schlagt das Gelichter
in alle Gesichter!
Nur ich bin der Größte, der Höchste, der Gott!
Ich bin der Feinste,
doch auch der Gemeinste.
Ich mach, was ich will, und ich mach es zu Schrott.
Für Gefahr bin ich immer zu haben.
Ohne Risiko hätte das Leben doch gar keinen Sinn.
Unsere Zukunft macht Spaß
und ich seh auch schon was,
denn ich seh – wisst ihr was?

Ich seh dich, wieder dich,
dich und den Topf, das Staubtuch und den Besen.
Rund um dich gibt's nur dich,
Heiligenbild, verziert mit Mayonnaisen.
Weihnachtsgeschenke,
edle Getränke,
Hähnchen am Grill und Pudelchen im Bett,
Muttertagsblümchen,
Malzkaffee mit Krümchen.
Fromm und schlicht,
Engelsgesicht,
grüß ich dich, ewig dich,

dich und dein Werk, zu dem auch ich gehöre.
Sehnsüchtig sabbernd sage ich dir Dank.
Leben lässt sich's schön, aber leider auch zu lang.
Heimlich vergaß man, wo die Zeit verblieb.
Gut, dass wir gesund sind! Ja, ich hab dich lieb.

Als wir noch dünner waren

Als wir noch dünner waren, standen wir uns näher.
Wir brannten ohne Kalorien ganz lichterloh.
Dein Griff war härter, deine Muskeln waren zäher
und deine Augen lagen tief – ich weiß nicht wo.

Du wurdest kribblig schon beim Nahen meines Schrittes
und flogst mit Lust an meine knochenharte Brust.
Jetzt wirst du kribblig nur beim Beefsteak mit Pommes frites
und fliegst per Flugzeug, und auch das nur, wenn du musst.

Ja, damals warst du arm und blöd,
doch deine Haut war straff und spröd,
bei jedem Kusse knirschte hörbar dein Skelett,
jetzt bist du fett, jetzt bist du reich,
doch deine Haut ist dafür weich
und wenn du leidenschaftlich wirst, knirscht bloß das Bett.

Ja, wir sind leider viel zu lang schon Pharisäer,
denn ach, die Wahrheit gipfelt nur in diesem Satz:
Als wir noch dünner waren, standen wir uns näher.
Jetzt sind wir dicker und wir brauchen zu viel Platz.

Wir küssten uns im Schwarzwald, bis wir schwarz waren,
und hüpften leichtfüßig durch einen kühlen Bach,
wir wanderten so lang, bis wir im Harz waren,
und legten uns auf Sonnenwiesen flach.

Und einmal, als wir ganz besonders kess waren,
durchschwammen wir die Windungen des Rheins.
Jetzt sitzen wir zu Hause bei den Fresswaren
und streiten über 'n Jahrgang eines Weins.

Die Zeit vergeht, die Zeit ist fort,
die Liebe flieht, es flieht der Sport,
man flieht vorm anderen und am Ende vor sich selber.
Das Fleisch war schwach und heiß und wild,
jetzt ist's gebraten und gegrillt
mit Suppe vorher und danach mit Pfirsich Melba.

Als wir noch dünner waren, standen wir uns näher
und hatten Liebe anstatt Bratensaft im Blut.
Du wolltest heiraten. Ich sagte, nein, nicht eher,
bis es uns besser geht. Jetzt geht's uns viel zu gut.

Ich habe Hunger und das lässt sich kaum vermeiden,
jedoch man hungert nur nach dem, was man nicht hat.
Drum wird's am besten sein, ich lass mich von dir scheiden,
denn als geschiedene Frau wird man am schnellsten satt.

Ich krieg bestimmt als Apanage
sofort zwei Drittel deiner Gage,
ich krieg den Wagen und das Haus und die Fabrik.
Dann hab ich alles, was ich brauch,
und du hast nichts als deinen Bauch.
Und wenn du den dadurch verlierst, komm ich zurück.

Wir sind und bleiben kultivierte Europäer,
drum reich ich freudig vor der Scheidung dir die Hand.
Als wir noch dünner waren, standen wir uns näher.
Jetzt sind wir dicker und wir gehen auseinand'.

Während du, kann ich nicht

Während du, kann ich nicht,
während ich, kannst du nicht.
Was du weißt, das gilt nicht,
wenn ich flieg, frisst du nicht.
Also wo kann da – nirgendwo! – Liebe sein?
Wo bleibt Vergissmeinnicht überhaupt?
Keiner strebt schmerzlich.
Ebenfalls kaum der andere.
Frag mich nicht!

Überm Kopf schreit einer.
Unterhalb stirbt einer.
Einerseits liebst du mich,
weiß denn ich, was du morgen für Wege hast
irgendwo, zwischendrin?
Weißt du, wie lang ich schon weinen will?
Jedenfalls, Liebe kann es nicht sein.
Es regnet ja immerzu.

Nur weil ich den Winter nicht komisch find,
hast du mir ein Messer ins Bett gelegt.
Tausend Meter Rosen hab ich dir zum Muttertag geschenkt.
Alle meine Träume sind abgespielt.
Wenn die Sonne untergeht, sing ich im Garten:
Glühwürmchen, Glühwürmchen, bleibe!
Morgen bringt der Postillon mein Motorrad zurück.

Während du, ich weiß nicht,
während ich, es geht nicht.
Über Nacht entgleis ich.
Wenn der Mond scheint, schmelz ich.
Also wo kann da – nirgendwo! – Liebe sein?
Quer fällt der Fliederbusch, regungslos.
Wetter im Winkel.
Wasserstand bleibt wie vorgesehen: tränenreich.

Zu Hause ist der Tod

Komm mit mir, schöne Dame, in die Anden nach Peru!
Ich bin frei und um die Ecke steht mein Boot.
Komm, ich zeige dir die Zulus
und die schönsten Honolulus –
aber nicht nach Hause! Denn zu Hause ist der Tod.

Komm mit mir, schöne Dame, in den Dattelpalmenhain!
Auch in der Südsee gibt's ein Überangebot.
Komm, wir fliegen nach Kentucky,
nach Paris, nach Nagasaki –
aber nicht nach Hause! Denn zu Hause ist der Tod.

Der Tod ist jeden Tag bei mir zum Essen.
Er unterhält sich nämlich gern mit meiner Frau,
wäscht das Geschirr und macht ihr dampfende Kompressen.
Er hat die Küche frisch gestrichen, grau in grau.
Und wenn ich komm, spendiert er eine Runde.
Und gegen neun schläft er vorm Fernseher ein.
Er liebt Prinzessinnen, Schlagersänger, Hunde.
Ich möchte nicht zu Hause sein.

Komm mit mir, schöne Dame, komm, wir fliegen
nach Hawaii!
Gleich im Nebenzimmer wartet mein Pilot.
Oder fändest du es schicker
in New York? In Costa Rica?
Nur nicht nach Hause! Denn zu Hause ist der Tod.

Die Ruhe dort ist wie im Grabe.
Mein Wohnzimmer ist wie ein Labyrinth.
Am Küchenofen sitzt bei uns ein Rabe
und in der Ecke schreit ein unbekanntes Kind.
Die Bilder fangen abends an zu brüllen.
Die Wasserleitung singt das alte Lied.
Der Tod sitzt da und kaut Pastillen.
Man freut sich fast, wenn man ihn sieht.
Ich hab so Angst, ich schüttle seine Hände
und sag, wie geht's dir, Kumpel, bist du auch gesund!
Er blickt mich an und, glaube mir, sein Blick spricht Bände.
Und meine Frau kommt herein und küsst mich auf
den Mund.

Komm mit mir, schöne Dame, wünsch dir alles,
was du willst!
Ich bin zugänglich für jedes Angebot.
Komm, wir fliegen in den Süden,
zu den fernsten Latitüden!
Lass dich küssen unter Palmen
und auf salzburgischen Almen!
Ich bin überall zu Haus, nur nicht zu Hause.
Denn zu Hause ist der Tod.

Das Gebet keiner Jungfrau

Leer wär die Welt,
schwer wär die Welt,
nie die heutige, die bunte,
wär der Herrgott keine Tunte.
Nichts wär erfreulich.
Huch, es wär abscheulich!

Kahl wär es hier,
schal wär es hier.
Jeder Tag wär zum Erbarmen,
wär der Herrgott nicht uns Warmen
sonnenumsponnen
positiv gesonnen.

Grau wär der Mensch,
schadenfroh und zynisch,
säuerlich und klinisch,
hilflos und ordnungsgemäß,
wie Schweizer Käs.

Grau wär sein Kleid,
gräulich seine Miene,
nirgends Crêpe de Chine,
nichts wie Religion und harter Stuhl.
Aber Gott bleibt schwul.

Müde bin ich, geh zur Ruh,
schließe alles, was ich habe.
Lieber Gott, du schöner Knabe,
kriech in mein Bettchen,
liebes süßes Göttchen!

Döse mit mir,
löse mit mir
die Gehässigkeit der Bösen!
Ich allein kann sie nicht lösen.
Bleibe mein Hoffnungsstrahl!
Werde nie normal!

Jeden Morgen auf dem Markte
steht Armand, die süße Sau.
Wenn mir Gott die Welt verargte,
wär der Junge eine Frau.

Jeden Mittag nach der Schule
nimmt mich Peter mit nach Haus.
Gott sieht gnädig auf uns Schwule,
denn sonst wär es längst schon aus.

Und am Abend kommt der Traugott,
der mein kleines Herzchen stahl.
Wär der Herrgott eine Fraugott,
könnt ich's nie ein drittes Mal.

Ja, leer wär die Welt,
schwer wär die Welt,
nie so happy und fantastisch,
wäre Gott nicht päderastisch.
Nein, das wär was Tristes!
Gott sei Dank, du bist es!

Und sollte es mir passieren, mal allein zu sein
und aus irgendeinem Grund kein kleines Schwein zu sein,
dann spreche ich ganz leise und diskret
das folgende Gebet:
Ich bin klein,
mein Arsch ist rein,
soll niemand drin wohnen als – wer wohl allein?

Ich hab dich immer geliebt

Ich hab dich immer geliebt.
Auch als die Perlen noch nicht mein waren,
als erst drei Millionen dein waren,
sagte ich: Es wird schon gehen!
Ich hab dich immer geliebt.
Und als die Wertpapiere krachten
und die Steuerfahnder lachten,
hab ich's liebend übersehen.

Damals bekam ich nur
einen Cadillac for Christmas,
doch jede Nacht
auf deiner Jacht
fanden wir Glück.
Aber wir wussten nicht,
dass wir glücklich waren. Jetzt wiss' mer's.
Was nützt mir der Pelz,
dieser Fluch deines Gelds?!
Oh, nimm ihn zurück!

Ich hab dich immer geliebt,
auch mit ganz winzigen Fabriken
und nur sieben Domestiken
und nur einem Riesenhaus.
Ich hab dich immer geliebt.
Auch als dein Butler noch nicht fesch war
und als in Liechtenstein kein Cash war,
hielt ich's trotzdem bei dir aus.

Ich war zufrieden
mit unserem Haus auf den Hebriden,
der Kaffeeplantage im Süden
und dem Baumwollfeld bei Görz
und unserem Casino
und unserem Schiff auf Kap Comino.
Sonst aber wünsch ich mir nichts als dein Herz.

Ja, als ich noch seinerzeit in Texas
im Dreck saß,
erschienst du mir als Ritter ohne Fehl,
sodass ich gleich in deinem Bann stand
durch deinen Charme, durch deinen Anstand,
durch deinen Geist, durch deinen Witz und durch dein Öl.

Und dann nahmst du mich mit zu deiner Mutter
nach Utah.
Doch bald riss dich das Business von mir weg.
Es ist was Schreckliches mit dem Business,
dass man so sehr drauf angewiesen is'
Wie oft blieb ich allein mit einem sex-stelligen Scheck.

Wie oft blieb ich allein mit meinem Schmerz,
mit meiner Pein!
Die Tränen flossen heiß in meine Schmuckschatulle rein.
Doch sagte ich dir nichts davon, ich fand,
es war meine Pflicht.
Auch als du mich zur Gattin nahmst,
beklagte ich mich nicht.

Die Hochzeitsreise ging nach Nicaragua
per Jaguar.
Dort kauftest du ein süßes Kautschukfeld,
worauf ich neu für dich entbrannte.
Das war ja klar, denn ich erkannte:
Du bist nicht nur sehr reich, du hast auch Geld.

Zwar dass du jetzt die Scheidung willst,
das kränkt mich ungemein.
Doch wenn es dir Vergnügen macht,
dann willige ich ein.
Solang du mir auch da Beweise gibst,
dass du mich liebst.

Ich hab dich immer geliebt
und ich werd dich immer lieben.
Ist die Scheidung unterschrieben,
hört die Liebe nicht gleich auf.
Und ich werd denken an dich
jeden Monat, wenn das Geld kommt.
Und die Frau, die dir gefällt, kommt
sicher selber einmal drauf,

dass du auch mich liebst.
Und auch du wirst an mich denken
und wirst weiterhin mir schenken
meinen monatlichen Nerz.
Was ich noch sonst brauch,
wird mein Anwalt dir schon schreiben.
Aber im Grund brauch ich
nichts als dein Herz.

Philosophie

Er war ein Er von Verstand und Talenten.
Er war ein Meer, wo ich sehr gerne schwamm.
Als er mich frug, ob wir nicht einmal könnten,
sagte ich Ja, und wir kamen zusamm'.
Er war belesen, betamt und beflissen.
Ich war betört und bestürzt und erschreckt,
denn mit sehr viel philosophischem Wissen
hat er mein Hirn bis zum Rande bedeckt.
Nun ist das Leben mit ihm eine Marter.
Jede Nacht liest er ein Buch bis zum Schluss,
Marx oder Kant oder Barth oder Sartre,
fragt mich nach Bloch und verschmäht meinen Kuss.

Da steh ich dann mit meiner Sehnsucht.
Da steh ich dann völlig perplex.
Denn während er den Planck zu verstehn sucht,
verstehe ich nur was von Sex.

»Was sagt Fichte?«, fragt er mich.
»Was sagt Hegel?
Was meint Schlegel?
Bist du ein Sophist?
Oder Moralist?«
Ja, wenn ich das wüsst!

Er spricht mit mir von Chaos und Kosmos,
er spricht mit mir von Werden und Sein.
Und schließlich sag ich: »Bitte sehr, lass mer's«,
und dreh mich um und schlafe allein.

Er erzählt mir stundenlang, was Ethik ist
und was Ästhetik ist und was sie kann.
Ich will aber wissen, was Athletik ist,
und ließ ihn weiterreden und nahm mir einen Mann.

Der ist Friseur. Keinen Tau hat er von Ästhetik.
Der spricht schon schwer über Schere und Kamm.
Als er mich frug: »Glauben Sie an Kosmetik?«,
sagte ich Ja, und wir kamen zusamm'.
Erst war es schön, denn wir schwiegen drei Wochen –
höchstens »Mhmm« oder »Hi« oder »Hah«.
Sagte ich: »Komm her«, sagte er: »Hast du gesprochen?«
Wir blieben still, und wir blieben uns nah.

Nun kommt's mal vor, dass er grunzt und ich quietsche,
mal kommt's auch vor, dass ich bell und er faucht.
Kein Wort Voltaire, kein Homer, nie mehr Nietzsche!
Wozu hab ich Philosophen gebraucht?

Da steh ich jetzt mit meinem Hegel!
Da steh ich jetzt, ein schwankendes Schilf!
Bin ich Sophist oder bin ich ein Flegel?
Was tu ich da? Heidegger, hilf!
»Wer ist Jaspers?«, frag ich ihn.
»Was heißt Mores?
Was heißt Zores?

Was ist ein Essay?
Wann sagt man ›in spe‹?
Wer war Laotse?«

Dann sitzt er dort stumm und verbissen
und kratzt den Kopf oder sonst irgendwo.
Aus mir jedoch sprudelt mein Wissen.
Ich schrei ihn an: »Wer war Rousseau?

Ich will jetzt nicht wissen, was ein Busserl ist!
Sag mir, wer Husserl ist, und außerdem:
Weißt du, was prophetisch katechetisch heißt?
Und was versteht man unter ›Theorem‹?
Wer ist jünger, Jung oder Jünger?
Wer war Spranger und wer ist Springer?
Wer ist Per Efraim Liljequist?
Hast du keine Ahnung, wer das ist?
Was sind seine Lehren insgesamt?
Weißt du, woher er stammt?
Verdammt!«

Meine Frau

Ich denke oft daran,
wie ich einmal mit Mariann
in einer Wiese saß, voll Glut.
Ich denke auch mit Glück
an eine Neujahrsnacht zurück,
in der ich Truthahn aß – mit Ruth.
Dann gab's die Wilhelmine und die Esther,
die Ursula und ihre kleine Schwester.
Die Namen und Gesichter
sind im Dunkeln kleine Lichter
der Erinnerung. Und das tut gut.

War da nicht noch wer? Ach ja, meine Frau!
Erst stand sie dort,
sagte kein Wort,
wie eine Säule.
Ziemlich weit hinten, denn oh, die war schlau,
sah sie mich dann
immerzu an,
wie eine Eule.

Und wollte ich ein anderes Mädchen fassen,
da blickte sie ganz traurig und verlassen.
Und etwas später, ich weiß es genau,
da fasste ich nur mehr nach einer: meiner Frau.

Da war mal ein Bekannter,
fast ein Freund, ein sogenannter,
ich war viel mit ihm zusamm'.
Und wenn wir uns verirrten
in die Stadt zu einem Wirten,
stand viel Bier auf dem Programm.
Dann kamen noch der Emil und der Hermann.
Und meistens fing ein fürchterlicher Lärm an.
Und schließlich machte Emil
noch Kaffee mit der Kaffeemühl'
und den tranken wir und standen stramm.

War da nicht noch wer? Ach ja, meine Frau!
Die saß bei mir,
schlürfte ein Bier,
meistens das meine.
Und waren wir Männer um Mitternacht blau,
trieb sie mich raus,
zog mich nach Haus,
fest an der Leine.

Die Freunde sind jetzt fort, wie nie gewesen.
Vergessen sind die Kater und die Spesen.
Was ist geblieben, worauf ich vertrau?
Die feste Hand an meiner Leine, meine Frau.

Ein ohnmächtiger Tango

Unten steht ein Clown,
oben stehen drei Frauen,
zwischendurch ein Schuss.
Eine kleine Sphinx
ruft von rechts und links:
Jetzt ist aber Schluss!
Da drückt der Clown seine Zigarre aus,
packt das Schminkzeug, das Gewehr und die Gitarre aus,
und während er sich nochmals überschminkt,
lacht er zu den Frauen hinauf und singt

einen ohnmächtigen Tango
einer ohnmächtigen Liebe,
die total unerheblich ist,
weil sie ganz vergeblich ist
und weil die Gegend viel zu neblig ist.
Doch die ohnmächtigen Frauen
kriegen Angst, dass dieser Tango Konsequenzen hat.
Sie flüstern: Müde bin ich, geh zur Ruh –
und schließen Fenster und Türen doppelt und dreifach zu.

Ich bin dieser Clown.
Musst du mir misstrauen?
Bleibst du weiter blind?
Ich will nichts von dir,
du willst nichts von mir,
außer was wir sind.

Horch! Ringsumher fängt ein Geraune an.
Man stimmt Trompete, Klarinette und Posaune an.
Die Luft ist voller Leidenschaft und Licht.
Komm mit mir und ich sing dir ins Gesicht

unseren ohnmächtigen Tango
unserer ohnmächtigen Liebe,
die trotzdem unvergänglich ist,
weil sie überschwänglich ist
und weil die Zeit dafür empfänglich ist.
Lass die ohnmächtigen Menschen!
Glaub mit mir, dass unser Tango Konsequenzen hat!
Wer Angst hat, geht am allerersten drauf.
Der Strom fließt weiter stromab,
doch die Strömung fließt nur stromauf.
Verzicht aufs Gnadenbrot!
Komm in mein Schaukelboot
und mach die Fenster und Türen doppelt und dreifach auf!

Die Wahrheit über dich

Mein Vater hat keinen Sonntag gekannt.
Meine Mutter verließ nie die Stadt.
Meine Schwester zog früh in ein anderes Land,
wo sie niemand verstanden hat.
Doch das ärgste Unglück, das kommen kann,
ist das Unglück, das glücklich begann.

So vieles tut uns weh,
der Kopf, die kleine Zeh',
die Schmerzen sind oft fürchterlich,
aber nichts tut so weh, mein Lieber,
wie die Wahrheit, die Wahrheit über dich.

Man macht sein Inventar
und hofft, es ist nicht wahr.
So viele Dinge ändern sich.
Aber nichts ist so wahr, mein Lieber,
wie die Wahrheit, die Wahrheit über dich.

Man fühlt sich nicht einmal betrogen,
man fühlt sich nur so schrecklich dumm,
verriegelt jedes Tor, an das man pochte,
und sehnt sich nach den Lügen, die man mochte.

Man starrt auf den Plafond
und hält noch den Ballon,
aus dem bereits die Luft entwich.
Aber nichts ist so leer, mein Lieber,
wie die Wahrheit, die Wahrheit über dich.

Wie schön war doch das trübe Wasser!
Wie bitter schmeckt der reine Wein!
Man träumte und vergäße gern, worüber,
der Traum ging nahtlos in das Leben über.

Man bleibt ja nicht allein.
Ein Lächeln schaut herein,
das irgendwer mit dir verglich.
Aber nichts tut so weh, mein Lieber,
wie die Wahrheit, die Wahrheit über dich.
Die Wahrheit über dich …

Ich kann tanzen

Ich kann tanzen, doch ich tanze nicht.
Ich kann singen, doch ich singe nicht.
Ich kann lesen, doch die Tränen in den Augen
sind so scharf.
Also denk ich. Das hat keinen Sinn.
Und ich schreibe ein paar Worte hin.
Diese Worte träum ich später in der Nacht,
was man nicht darf.

Ich kann sterben, doch ich sterbe nicht.
Ich kann leben, doch ich lebe nicht.
Ich kann gehen, doch die Füße sind vom Wandern
viel zu schlaff.
Drum erzähl ich die Vergangenheit.
Und ich spüre etwas Ewigkeit.
Dieses Spüren ist das Letzte, was ich hab
und was ich schaff.

Draußen. Alles ist so draußen.
Alles kommt von außen,
nur das Böse bleibt im Inneren versteint.
Morden. Einmal jemand morden.
Was ist denn geworden,
dass mir dieses Wort so menschenfreundlich scheint?

Ich kann weinen, doch ich weine nicht.
Ich kann schreien, doch ich schreie nicht.
Und ich frage nicht einmal mehr, was die Antwort
einmal war.
Denn ich sitze, seit mein Herz zerriss,
in der Stille, in der Finsternis,
und die Sonne scheint auf alles jeden Tag
und jedes Jahr.

Die Ehe

Glaubst du denn, die Ehe ist ein Spaß, mein Lieber?
Frag mal die Mamas und die Papas, mein Lieber!
Du hast Glück, denn du bist Junggeselle.
Heirat nie, denn dann hast du die Hölle.

Man hat sich, doch man stört sich nicht,
besitzt sich, doch gehört sich nicht.
Damit man das verstehe,
bezeichnet man's als Ehe.
Man ruft sich, doch erregt sich nicht,
befühlt sich, doch bewegt sich nicht,
verblüfft und überrascht sich nicht,
verleitet und vernascht sich nicht.
Man geht sich auf die Nerven
und möcht sich gern bewerfen
und lächelt nur im Traum noch
und unterm Weihnachtsbaum noch.
Man küsst sich nicht und schmiegt sich nicht
und will sich nicht und kriegt sich nicht
und ginge am liebsten gleich auf 'n Strich
und wünscht sich und wünscht sich
einen Mann, einen Mann wie dich.

Und man sagt auf Schritt und Tritt,
ich mach das nicht mehr lange mit.
Und doch macht man's noch lange mit,
macht Küsse auf die Wange mit

und Händedruck und Veilchen –
erspar mir die Detailchen!
Man streitet nicht, verwundet nicht,
erkrankt nicht und gesundet nicht
und zetert nicht und flötet nicht
und rettet nicht und tötet nicht.
Man greift zum Alkohole
und denkt an die Pistole
und hofft auf keine Kinder
und spendet für die Inder
und will nicht, dass man hässlich wird,
und merkt, dass man vergesslich wird,
und schämt sich immer fürchterlich
und wünscht sich
und wünscht sich einen Mann,
einen Mann wie dich.

Und man sagt sich ins Gesicht:
Ich will das nicht, ich will das nicht,
ich will das nicht – und fügt sich doch
und foltert und belügt sich
noch und kauft sich einen Pudel
und säuft am Abend Sprudel
und zählt schon keine Träne mehr
und schmiedet keine Pläne mehr
und fragt nicht, wie das Wetter ist,
und frisst, bis man noch fetter ist.
Man färbt und dekolletiert sich.
Statt zwanzig raucht man vierzig.
Dann spricht man einen Priester
und wird noch viel vermiester.

Dann hört man mit dem Hadern
auf und schneidet sich die Adern
auf und lässt die Scheiße hinter sich
und wünscht sich und wünscht sich
einen Mann, einen Mann wie dich.

Was sagt man zu den Menschen, wenn man traurig ist

Die Menschen sind als Publikum das allerbeste Publikum.
Sie lassen sich amüsieren,
sie lassen sich imponieren,
sie strahlen und bezahlen und sind schnell mit dem Applaus,
und wenn die Show vorbei ist, gehen sie freiwillig nach Haus.
Die Menschen sind als Publikum famos.
Nur eine Sorge lässt mich nicht mehr los:

Was sagt man zu den Menschen, wenn man traurig ist?
Man sagt nichts, damit man lächeln kann.
Die Tränen, die man weint, sind nie die richtigen.
Man warte lieber, bis sie sich verflüchtigen,
möglichst schnell, möglichst bald.

Was sagt man zu den Menschen, wenn man traurig ist?
Guten Tag, Sie sehen fantastisch aus!
Man bietet ihnen Kaviar und Hummer an,
doch niemand bietet irgendeinen Kummer an.
Nach und nach sagt man nichts.

Man steht in seiner Dunkelheit
und hütet sich vor jedem Wort
und lässt die Welt sich drehen,
steht und lässt die anderen stehen.

Denn niemand soll bemerken, dass man traurig ist.
Es genügt, dass man es selbst bemerkt.
Ein Trauriger ist selten ein Sympathischer.
Ein Lustiger ist immer demokratischer.
Wer's begreift, wird nicht traurig sein.

Doch wenn du trotzdem traurig bist,
dann schluck es schnell hinunter!
Du könntest dich auch irren.
Wozu die Leute verwirren?
Sei augenblicklich glücklich! Das kann jeder, der es will.
Und wenn du es partout nicht kannst, dann trink
ein paar Promille.
Mit mir freuen sich die Menschen jederzeit,
nur eines bringt mich in Verlegenheit:

Was sagt man zu den Menschen, wenn man traurig ist?
Man sagt nichts, weil es gefährlich wär.
Egal, ob einer nachts in seine Kissen weint,
egal, ob einer hinter den Kulissen weint,
offiziell bleibt man froh.

Denn ein guter Mensch muss glücklich sein.
Wer Trauer fühlt, ist selber schuld.
Das ist des Pudels Kern.
Schmerz ist einfach unmodern.

Man sagt zu keinem Menschen, dass man traurig ist.
Denn wozu? Er weiß es ohnehin.
Man schweigt nicht nur, weil Traurigsein so schaurig ist,
man schweigt auch, weil man weiß, dass jeder traurig ist.
Und der Trost resigniert im Raum.
Und der Traum bleibt nur ein Traum.

STERBEN SIE EIGENTLICH GERN?

Die Alten

Eine alte Dame und ein alter Herr sitzen auf einer Parkbank. Sie halten Abstand. Der alte Herr isst gelegentlich Kuchenkrümel oder Ähnliches aus einer Tüte.

DIE DAME: Sterben Sie eigentlich gern?
DER HERR: Ja, ich sterbe gern. – Immer wieder. – Und Sie? Sterben Sie gern?
DIE DAME: Das hängt von meiner jeweiligen Krankheit ab.
DER HERR: Ach so, Sie sind krank.
DIE DAME: Ja, natürlich. Schon wegen der Kinder.
DER HERR: Was fehlt Ihnen denn zurzeit?
DIE DAME: Zurzeit friere ich.
DER HERR: Dagegen ist die Medizin machtlos.
DIE DAME: Die Medizin ist immer machtlos.
DER HERR: Ich friere auch. Mir ist manchmal so kalt, dass mein Kamillentee ganz blau anläuft.
DIE DAME: Mir ist manchmal so kalt, dass mein Badewasser zufriert, während ich drin sitze.
DER HERR: Ich habe schon sehr lange nicht gebadet. Es lohnt sich ja nicht mehr.
DIE DAME: Was lohnt sich denn für Sie?
DER HERR: Spargelsuppe. Aber immer, wenn ich hinkomme, hat sie schon jemand aufgegessen. Soso, na ja, hm. Sagten Sie, Sie haben Kinder? Gibt es überhaupt noch Kinder?
DIE DAME: Natürlich. Kinder ändern sich ja nie. Wenn sie klein sind, hat man Arbeit; wenn sie groß sind, hat man Sorgen; erst wenn sie tot sind,

hat man schöne Erinnerungen. – Ich wäre ja selbst schon längst tot, aber ich habe so viel zu tun.

Der Herr: Was sind Sie denn von Beruf?

Die Dame: Anderer Meinung.

Der Herr: Das war ich früher auch – als ich noch verheiratet war.

Die Dame: Und was sind Sie jetzt?

Der Herr: Jetzt bin ich meiner eigenen Meinung.

Die Dame: Sie sind also nicht mehr verheiratet? Da hätte ich ja noch Chancen. Alle sagen, ich sehe jünger aus, als ich bin.

Der Herr: (blickt sie zum ersten Mal an) Also – ich weiß ja nicht, wie alt Sie sind. Aber jünger schauen Sie auf keinen Fall aus.

Die Dame: Das ist, weil ich friere. Früher war es viel wärmer.

Der Herr: Alles, was früher war, muss man streichen. Man darf nicht in der Vergangenheit leben. Andererseits – alles, was jetzt ist, muss man auch streichen, weil früher war es ja besser. Und alles, was noch kommen wird, muss man streichen, um zu verhindern, dass es kommt.

Die Dame: Noch kälter kann es ja wohl nicht werden. Heutzutage legt man ja schon die Kleinkinder in die Tiefkühltruhe, damit sie es später besser ertragen können.

Der Herr: Früh übt sich, was ein Eiszapfen werden will.

Die Dame: Die Häschen frieren, die Gänseblümchen frieren, die Marienkäferchen frieren, ich friere, die Gerechtigkeit friert, die Vaterlandsliebe friert, frierende Witwentränen bedecken ganz Rheinland-Pfalz. Aber es gibt eine Rettung: Krieg! Zu den Waffen, für die gerechte Sache, mit Gott für Führer und Vaterland, für Kaiser und Reich, für Weib und Kind, alle für einen, einer für alle. (In ihrer Begeisterung ist sie aufgestanden.)

Der Herr: (erhebt sich mühsam ebenfalls) Kanonen statt Butter, für Haus und Herd, für Blut und Boden, für Heimat und Volk.

Die Dame: Das Schicksal der Nation ruht in den Händen der Soldaten, lasst die Waffen sprechen, die Offensive ergreifen, die Feindseligkeiten eröffnen.

Der Herr: Den Heldentod sterben, im Blute waten, die Flanke aufrollen, die Lanze brechen, das Schwert ziehen.

Die Dame: (gleichzeitig mit dem Herrn) Mannhaft, kühn, ritterlich, tapfer, Ultimatum, Kreuzzug, Eroberung, Weltenbrand, Fanfaren, Kanonendonner, Generalfeldmarschall, Trommelwirbel, Waffengetöse, Trompetengeschmetter …

Der Herr: (gleichzeitig mit der Dame) Kriegswissenschaft, Ballistik, Strategie, Waffenhandwerk, Scharmützel, Materialschlacht, Handstreich, Drachensaat, Seeblockade, der totale Krieg …

(Während sie sich immer mehr begeistern, geht langsam das Licht aus.)

Zufall auf den Wiesen

Man traf sich durch Zufall auf den Wiesen,
bei Regen im Saal
vom vorigen Mal,
und spielte mit ersehnten Paradiesen,
verlor eine wunderbare Zeit.

Der Sturm war geteilt in leichte Brisen
und du warst bei mir
am zweiten Klavier,
umgeben von Doktoren und Marquisen,
so pflaumenweich und lügenreich.

Am Rande sang ein Kolibri,
die Stirn umwölkt von Crêpe de Chine.
Ein Käuzchen schrie
und irgendwie
verblühte viel zu viel Jasmin.
So kurz war der Zufall auf den Wiesen!
Im Schweigen nach vier
war niemand mehr hier.
Es roch noch nach Libellen und Luisen.
Doch weit war das Wort.
Die Sonne sprang fort.
Man las noch einen allerletzten Brief
und schlief und schlief und schlief.

Bidla buh!

Es ist traurig, wenn Liebe erkaltet.
Es ist furchtbar, wenn Liebe vergeht.
Doch wie kann man von Liebe erwarten,
dass sie immer und ewig besteht?
Nur ich liebe jede auf immer,
ganz ohne mir das Leben zu erschweren.
Und ich werde geliebt. Und wie ich das mach,
das will ich Ihnen jetzt erklären:

Bidla buh, bidla buh, bidla bingbang buh!
Unsere Liebe war beinahe schon vergangen,
da schlitzte ich die Kehle der Kathrein.
Das heißt, sie liebte mich, solange sie lebte,
und wegen dem bissel Schlitzen wird sie nicht böse sein.

Bidla buh, bidla buh, bidla bingbang buh!
Unsere Liebe hatte kaum noch angefangen,
da nahm Jeannine eines Tags ein Aspirin.
Also: Das war kein Aspirin, das war Strychnin,
aber heut noch liebe ich Jeannine.

Adelheid warf ich in die Donau.
Gleich nach Dürnstein. Niemand hat's gesehn.
Und auch sie wird mir verzeihn,
denn grad bei Dürnstein
ist die Donau doch so wunderschön.

Bidla buh, bidla buh, bidla bingbang buh!
Also, was kann eine Frau da noch verlangen?
Nach dem Tod hab ich sie stets noch mehr verehrt.
Kam der Tod auch etwas schnell, das ist nur originell.
Und bis jetzt hat sich noch keine beschwert.

Lola mit den Engelsmienen
legt ich auf die D-Zug-Schienen,
Lili, Lene und Marianne
starben in der Badewanne,
Liesel schloss den Lebenswandel
durch ein großes Ziegelstandel.
Lustig ist die Jägerei,
Lotte war im Weg dabei.

Buh, bidla buh, bidla bingbang buh!
Unsere Liebe war kaum älter als zwei Stunden,
da stieg ich auf den Turm mit Rosemarie.
Bei Yvonne hab ich vergessen, den Gashahn abzudrehn,
und die Blumenspenden flossen wie noch nie.

Bidla buh, bidla buh, bidla bingbang buh!
Nur die Sonja wollte mich versichern lassen.
Also, das ärgerte mich sehr.
Das hat mich so verdrossen, ich hab sie schnell erschossen,
und heute lieb ich sie nicht mehr.

Anneliese hätt die Krankheit überwunden,
nur leider trank sie die falsche Arznei.
Und Frieda hatte satt das Leben,
wollte selbst den Tod sich geben,
selbstverständlich half ich ihr dabei.

Bidla buh, bidla buh, bidla bingbang buh!
Aber heute hab ich eine Frau gefunden,
ganz bestimmt die schönste Frau der Welt!
Und jetzt darf ich's nicht verpassen,
mir das Messer schleifen z' lassen.
Und dann muss ich die Pistolen
vom Pistolenputzer holen.
Eine Sense muss ich borgen.
Das Arsen, das kommt erst morgen.
Und ein kleines Tomahackerl,
für die Leich brauch ich ein Sackerl,
auch ein' Besen hätt ich gern,
um die Knochen aufzukehren,
das Petroleum, das hab ich schon bestellt.
Bidla buh, bidla buh, bidla bingbang buh!
Schöne Frauen kosten sehr viel Geld.

Warum kann ich dich gestern nicht mehr lieben

Warum kann ich dich gestern nicht mehr lieben?
Auch vorvorgestern schenk ich dir mein Herz.
Lass uns schlafen gehn
im Jahre neunzehnhundertzehn
und erwachen im vergangenen März!

Ich möchte mit dir vorige Woche wandern.
Ach, schenk mir letzten Sommer einen Kuss!
Schwör mir ew'ge Treue,
doch vergangene, keine neue,
sonst ist neunzehnhundertsechzig Schluss.

Doch küss mich nicht heute im gleichen Moment!
Ich war so gerne mit dir glücklich vorhin.
Ich geb dir letzten Monat jeden Termin,
nur nicht gleich, nur nicht jetzt, nicht sofort!
Doch nimm dir früher meine beste Zeit
und gib mir damals eine Möglichkeit!

Warum kann ich dich gestern nicht mehr lieben
und küssen im Jahr siebzig ungefähr?
Ja, vielleicht ergibt sich
sogar neunzehnvierundsiebzig
oder höchstens zwei, drei Jahr' vorher.
Ach, du liebtest gestern mich so sehr.

Das Haus am grünen Bach

Und dann hast du was erreicht,
dann ist das Leben leicht –
oder ist es das?
Und dann hast du was gebaut,
und alle haben geschaut –
oder war da was?
Bin ich wirklich blass?

Die Ner-, die Ner-,
die Nervosität
ist der dunkelste Punkt, den man hat.
Sosehr, sosehr,
sosehr man sich bläht,
nur zu bald schwankt der Thron,
und die Luft im Ballon
pfeift hinaus, und man fällt wie ein Blatt.

Das Blatt, das Blatt,
das Blatt, das da fällt,
das bin ich, Fall und Knall, klipp und klar.
Die Glat-, die Glat-,
die Glatze der Welt,
die bin ich noch viel mehr,
denn man lässt mir nachher,
wenn ich tot bin, nicht ein gutes Haar.

Klein, aber mein, aber voll, aber ganz,
aber schnell, aber gleich, aber schlau –
das geht so leicht, doch nur beinah.
Kraft, aber Glück, aber Kampf, aber Ziel,
aber Mut, aber hin, aber her –
die Zeit ist um!
Und ich steh immer noch da.

Und Ner- und Ner-
und Nervosität
fällt mir groß
in den Schoß
wie ein Kloß.
Und ich werd sie bestimmt nicht mehr los.

Dabei heul ich doch so gerne mit den Wölfen
und lass dem Zufall möglichst wenig Raum,
will immer meinen Zeitgenossen helfen,
mir selber helf ich kaum.
Ich hab nur einen Traum:

Ein Haus am grünen Bach
mit Schwalben unterm Dach,
Abendröte und Morgenruh'
und das Bargeld dazu.

Ein Falter baut sein Nest
im Mangobaumgeäst.
Und im eigenen Rosenhain
schläft man dann schöpferisch ein.

Menschen hat man sich abgewöhnt,
Kuh und Ochs preisgekrönt,
und der Ruf der Schalmei ertönt
fehlerfrei übers Land.

Horch, da zittert ein Espenlaub
tief im wuchernden Wald.
Dort, wo 's Licht durch die Zweige tropft,
hat die Lerche ein Ei getropft.

Der Tatendrang wird schwach
im Haus am grünen Bach.
Zwischen Tulpen und Hühnermais
weiß man nicht, was man weiß.

Wenn der Storch überm Tannenried
größere Kreise zieht,
seufzt man leise ein Lied und bettet sich flach
am grünen Bach.

Die Welt ist weit.
Die Sonne hat Gelegenheit.
Der Mond ist türkis.
Die Erde dreht sich wie am Spieß.

Und Ner- und Ner-
und Nervosität
klebt sich fest wie die Schnecke am Steg.
Und fer- und fer-
und fertig genäht

sind mein Wort und mein Blick
und der Strick ums Genick
und mein Herz und mein Schlaf und mein Weg.

Durch Mut-, durch Mut-,
durch Mutlosigkeit
steh ich bleich an der Schlucht des Verzichts.
Man tut, man tut,
man tut sich so leid.
Ach, man will ja nichts mehr,
aber das will man sehr,
nur ein Loch, nur ein Haar, nur ein Nichts.

Hals über Kopf über Berg über Tal
über Fluss über Stock über Stein,
so frisst man sich durch dicken Brei.
Wer unterdes unterwegs unterbricht,
der erschrickt, weil er plötzlich erkennt:
Die Zeit ist um! Sie war schon immer vorbei.

Und Ner- und Ner-
und Nervosität
legt sich schwer
in die Quer
wie ein Bär
und versperrt das Wohin und Woher.

Dabei strebte ich doch nie zu weit nach oben.
Und die Kirchenmaus war jahrelang bei mir.
Ich will mich nicht zum Abschied selber loben.
Ich bin kein großes Tier, ich will nur – so wie ihr:

Ein Haus am grünen Bach
mit Schwalben unterm Dach,
Himmelblau unter Denkmalschutz,
Wiese unter Verputz.

Am Waldesrand gedeiht
der Löwenzahn der Zeit.
Barfuß bis an die Heldenstirn
schont man Hose und Hirn.

Leise schläft man sein Leben leer.
Nachgedacht wird nicht mehr.
Blütenstaub macht die Augen schwer.
Neues kann nicht geschehen.
Horch, da wächst ein Vergissmeinnicht.
Deutlich ruft es Hurra.
Und ein kleines Karnickelkind
schnarcht so laut wie ein Wickelkind.

Mit Mühe bleibt man wach
im Haus am grünen Bach.
Zwischen Tulpen und Rosmarin
döst man so vor sich hin,
bis der Storch überm Tannenried
größere Kreise zieht.
Dann erst seufzt man ein Lied und bettet sich flach
am grünen Bach, am grünen Bach.

Die Welt ist leer,
der Kummer fliegt im All umher,
die Berge blühn,
und der Bach, der ist grün.

Alte Tränen

Heute fand ich alte Tränen.
Wusste nicht, dass wir sie hatten.
Sie warfen lange Schatten.
Sie konnten schon das Licht nicht mehr sehn.

Neben ihnen lagen Narben.
Schienen viel zu überlegen.
Und unverkaufter Regen
war grad dabei, verloren zu gehn.

Kleine Uhren der Bedenkzeit schlugen.
Aus den Fugen sah man Lügen lugen.
Und ich dachte: Diese Unglücksraben
ahnen nicht, wie gut sie's haben.

Heute fand ich alte Tränen.
Ach, sie galten nur der Reue.
Ich wein dir ein paar neue.
Ich hab dir schon so lang keine verehrt,
dir ganz allein. Du bist sie wert.

Der Tod, das muss ein Wiener sein

Da drob'n auf der goldenen Himmelbastei,
da sitzt unser Herrgott ganz munter
und trinkt ein Glas Wein oder zwei oder drei
und schaut auf die Wienerstadt 'runter.
Die Geister, die geistern bei ihm umeinand',
ja, er hat's in der Hand jederzeit,
das Glück und das Unglück, den Tod und die Schand'
und die Lieb' und den Hass und den Neid
und den Geiz und die Gier und die Gall' und die Gicht –
ja, da gibt's eine sehr große Schar.
Wie die Geister dort ausschaun, also das weiß ich nicht,
aber eines ist mir völlig klar:

Der Tod, das muss ein Wiener sein,
genau wie die Lieb' a Französin.
Denn wer bringt dich pünktlich zur Himmelstür?
Ja, da hat nur ein Wiener das G'spür dafür.
Der Tod, das muss ein Wiener sein,
nur er trifft den richtigen Ton:
Geh Schatzerl, geh Katzerl, was sperrst dich denn ein?
Der Tod muss ein Wiener sein.

Die Mitzi, die Fritzi und die Leopoldin
san fesche und lustige Mädeln,
hab'n Guckerln und Wuckerln wie a jede in Wien
und Handerln und Zahnderln und Wadeln.
Sie werden dem riesigsten Schnitzel gerecht
und tanzen noch Walzer dabei

und singen so hoch, wie die Callas gern möcht',
und ihr Herz ist für jedermann frei.
Doch auch Wiener Madeln sterben, wenn der Herrgott
es will,
und wenn das einem Madel geschieht,
dann is's aus mit dem Tanzen, dann lächelt s' nur still
und singt ganz versonnen das Lied:

Der Tod, das muss ein Wiener sein,
genau wie die Lieb' a Französin.
Denn wer bringt dich pünktlich zur Himmelstür?
Ja, da hat nur ein Wiener das G'spür dafür.
Der Tod, das muss ein Wiener sein,
nur er trifft den richtigen Ton:
Geh Schatzerl, geh Katzerl, was sperrst dich denn ein?
Der Tod muss ein Wiener sein.
Geh Mopperl, du Tschopperl, komm brav mit'm
Freund Hein!
Der Tod muss ein Wiener sein.

DER MENSCH SIEHT FERN

Frühlingslied Nr. 1

Schatz, das Wetter ist wunderschön!
Da leid ich's nicht länger zu Haus.
Heute muss man ins Grüne gehn,
in den bunten Frühling hinaus.
Jeder Bursch und sein Mäderl
mit einem Fresspaketerl
sitzen heute im grünen Klee.
Schatz, ich hab eine Idee:

Schau, die Sonne ist warm und die Lüfte sind lau,
gehn wir Tauben vergiften im Park!
Die Bäume sind grün und der Himmel ist blau,
gehn wir Tauben vergiften im Park!
Wir sitzen zusamm' in der Laube
und jeder vergiftet a Taube.
Der Frühling, der dringt bis ins innerste Mark
beim Taubenvergiften im Park.

Schatz, geh bring das Arsen g'schwind her,
das tut sich am besten bewähren.
Streu's auf ein Grahambrot kreuz über quer
und nimm's Scherzel, das fressen s' so gern.
Erst verjagen wir die Spatzen,
denn die tun ja alles verpatzen.
So ein Spatz ist zu g'schwind, der frisst's Gift auf im Nu,
und das arme Tauberl schaut zu.

Ja, der Frühling, der Frühling, der Frühling ist hier,
gehn wir Tauben vergiften im Park!
Kann's geben im Leben ein größeres Pläsier
als das Taubenvergiften im Park!
Der Hansl geht gern mit der Mali,
denn die Mali die zahlt's Zyankali.
Die Herzen sind schwach und die Liebe ist stark
beim Taubenvergiften im Park.
Nimm für uns was zu Naschen –
in der anderen Taschen!
Gehn wir Tauben vergiften im Park!

Frühlingslied Nr. 2

Schatz, das Wetter ist gar nicht schön,
da bleiben wir doch lieber zu Haus.
Wer will schon heut' demonstrieren gehn
in den saukalten Winter hinaus?
Jeder Bursch und sein Mäderl
mit einem Kampf-Pamphleterl
sitzen heute am Kanapee.
Schatz, ich hab eine Idee:

Schau, die Sonne ist kalt und der Wind heult ums Eck,
bleib bewusstseinserweiternd zu Haus!
Die Bäume sind kahl und die Straßen voll Dreck,
bleib bewusstseinserweiternd zu Haus!
Du kochst mir a Sulz und a Zungerl,
ich les dir den Mao Tse Tungerl,
dann schimpfen wir am Nixon, am Brandt und am Strauß
und bleiben bewusstseinserweiternd zu Haus.

Schatz, geh bring den Marcuse her,
der tut sich am besten bewähren.
Ich brauch kein' Marx oder Engels mehr,
die sind ja schon nicht mehr modern.
Schau einmal nach, was der Bloch sagt,
was der Toch und der Habermas noch sagt,
sonst kriegen die Amis ganz Laos im Nu
und die armen Russen schauen zu.

Ja, der Winter, der scheußliche Winter ist hier,
bleib bewusstseinserweiternd zu Haus.
Jetzt ist ka Saison für die Revolution,
bleib bewusstseinserweiternd zu Haus.
Der Hansl verschlingt den Adorno
und die Mali derweil einen Porno.
Ich les noch James Bond und den Winnetou aus,
vorm Bewusstseinserweitern zu Haus.
Auch der Robinson Crusoe
war gewiss noch kein Juso,
bleib bewusstseinserweiternd zu Haus!

Frühlingslied Nr. 3

Schatz, das Wetter ist wunderschön!
Da leid ich's nicht länger zu Haus.
Wollen wir nicht rüber ins Kraftwerk gehn?
Dort kenn ich mich ziemlich gut aus.
Die Leute sind heut' auf den Wiesen.
Wir können ihnen alles vermiesen.
Heut' ist Sonntag und Frühling und Bootfahren am See –
Schatz, ich hab eine Idee:

Schau, die Sonne ist warm und die Lüfte sind lau,
spielen wir Unfall im Kernkraftreaktor!
Heut' ist jeder im Grünen mit Kindern und Frau,
das ist ein ganz wichtiger Faktor.
Du nimm dir dein Kind, ich mein Kind
und jeder vergiftet sein Kleinkind.
Jeder Kernkraftreaktor geht schief dann und wann,
drum ist's gut, man gewöhnt sich daran.

Schatz, geh bring das Plutonium her,
das tut sich am besten bewähren.
Ich benütz jetzt schon lang kein Arsen nimmermehr,
wenn's aus ist, kann sich niemand beschweren.
Erst schalten wir ein die Sirenen,
dann fangen die Augen an zu tränen,
dann schalten wir ein Katastrophenalarm
und dann fallen die Vogerln vom Bam.

Ja, der Frühling, der Frühling, der Frühling ist hier,
spielen wir Unfall im Kernkraftreaktor!
Um zwei sind die Babys tot und um halb vier
fallen die älteren Bauern vom Traktor.
Um fünf tun wir alles vereisen,
kann können s' uns nix mehr beweisen.
Der Staat zahlt den Witwen das halbe Gehalt
und ein' Unfall vergisst man ja bald.
Das Kraftwerk läuft weiter, um die Leut' ist nicht schad.
Spielen wir Unfall, weil sonst ist mir fad.

Wer den Frühling zum kabarettistischen Thema erhebt, muss sich aber trotzdem nicht über ihn lustig machen.

Der Mensch sieht fern

Die Amsel zwitschert in den Zweigen,
der Hamster hamstert einen Kern,
die Fische schwimmen, weil sie schweigen,
und der Mensch sieht fern.

Die Wicken wiegen sich im Winde,
die Mücken zwicken alle gern,
der Kuckuck fliegt mit seinem Kinde
und der Mensch sieht fern.

Kunterbunt wehen mitunter bunte Libellenwellen am See,
Finken trinken den Fluss aus, Meisen umkreisen den Klee.

Die Hügel bügeln ihre Schatten,
das Känguru springt zur Mama,
die Kuh ermattet auf den Matten
und der Mensch, Gott sei Dank,
macht sich freiwillig krank,
er sieht fern stundenlang,
anstatt nah.

Baumlang raffen die Giraffen ihre Knie hinauf,
zur Galerie hinauf,
pfeilschnell schnellen die Gazellen durch den Sand,
wie ein Kometenschwanz,
horuck! bremsen alle Gämsen, jede Gruppe stoppt,
sobald die Kuppe stoppt,
turmhoch flutet auch der gute Elefant
im Elefantentanz.

Vom Uhu bis zum Salamander
erschuf der Himmel ein Gedicht.
So schön passt alles zueinander,
nur der Mensch passt nicht.

Der Büffel schnüffelt erst sein Futter,
den Laich im Teich erreicht der Hecht,
der Widder wittert seine Mutter,
nur der Mensch riecht schlecht.

Weder Maus ist die Fledermaus, noch als Vogel fühlt
sie sich wohl,
Igel riegeln die Welt aus, Hasen grasen im Kohl.

Die Erde ist in ihrem Grunde
ein wechselweises Ringelreihn,
denn Eulen heulen wie die Hunde
und wunde Hunde können schrein,
Schnecken haben Hörner wie die Ziegen,
Fische können fliegen wie die Fliegen,
Kröten können flöten wie die Katzen
und die Katzen wie die Spatzen,

jeder kann von jedem was gewinnen,
alle können spinnen wie die Spinnen,
lediglich der Mensch kann keine Tricks.
Er sieht fern. Und das heißt: Er sieht nix.

Frau Schmidt

Meine Schwester nahm einen Künstler zum Mann,
und sie leidet mit ihm bittre Not.
Meine Freundin, die nur mit Politikern kann,
sitzt im Rathaus und quält sich zu Tod.
Aber ich nahm den Mann, der nichts war und nichts ist
außer Mensch – jetzt auch Gatte und Bürger und Christ.
Ich quäle mich nicht mit Problemen herum,
ich sag meine Meinung, Punktum.

Hätt ich damals den Johnny genommen,
wär ich sicher nach Amerika gekommen.
Doch Papa war Antisemit,
und so bin ich nur die Frau Schmidt.

Wär ich damals mit Peter zur Tante,
wär ich heut mit ihm in Russland Frau Gesandte.
Doch ich hielt mit Peter nicht Schritt,
und so bin ich nur die Frau Schmidt.

Frau Schmidt ist die anonyme Frau.
Bei Nacht sind alle Katzen grau.
Frau Schmidt – die nur über andre spricht,
denn meinen Namen merkt man sich ja nicht.

Gott sei Dank, dass ich Bruno nicht küsste,
weil ich heut mit ihm ein Land regieren müsste.
Aber Bruno biss auf Granit,
und so bin ich nur die Frau Schmidt.

Frau Schmidt, die sich nicht verleiten lässt,
denn Sex ist nun mal nicht gesund,
Frau Schmidt, die sich nichts bestreiten lässt,
des Menschen bester Freund, das ist sein Hund.
Frau Schmidt braucht keinen Bewegungsgrund,
um gegen irgendwas zu sein.
Frau Schmidt braucht keinen Überlegungsgrund,
um lang und laut zu schrei'n.
Denn was in allen Illustrierten steht,
das leuchtet letzten Endes ein.

Ich mag keine zu intelligenten
frechen Juden oder farbigen Studenten.
Denen geb ich – hupp – einen Tritt,
denn ich bin ja nur die Frau Schmidt.

Und bei Malern, da werd ich noch wilder.
In der Zeitung les ich niemals ihre Bilder.
Jeder Maler ist ein Bandit,
aber ich bin nur die Frau Schmidt.

Frau Schmidt kann im Grunde nichts dafür.
Das halbe Volk steht hinter ihr.
Frau Schmidt ist bisweilen mäuschenstill,
man weiß schon an der Spitze, was sie will.

Deshalb stört mich auch nichts an den Ländern,
die sich heutzutage mit den Zeiten ändern.
Zwar es bringt mir keinen Profit,
denn ich bin ja nur die Frau Schmidt,
aber trotzdem mache ich mit,

denn die Zeiten ändern sich,
Pleiten ändern sich,
Mächte ändern sich,
Knechte ändern sich,
was sich niemals ändert, ist die Frau Schmidt.

Was ein Mensch alles schlucken kann

Bös sind wir alle miteinander!
Das steht schon lange fest.
Roh sind wir alle miteinander,
wenn uns nur jemand roh sein lässt.
Doch es ist ungeheuer,
ich werd total verruckt,
nicht, wenn ich seh, was einer anstellt,
nein, wenn ich seh, wie viel er schluckt.

Was ein Mensch im Verlauf eines Lebens alles schlucken
kann,
verdrucken kann,
machert einen riesengroßen Berg.
Was ein Mensch im Verlauf eines Lebens alles zwingen kann,
verschlingen kann,
Schadenfreude, Lästerungen,
Lügen und Beleidigungen,
das nennt er dann stolz sein Lebenswerk.

Find't er nirgends Sympathie,
das schluckt er.
Zeigt die Gattin Hysterie,
das schluckt er.
Sagt der Chef »Sie blödes Vieh!«,
das schluckt er auch.
Und dadurch, dass ein Mensch, was er immer wieder
fressen muss,
vergessen muss,

steigert sich sein täglicher Verbrauch.
Drum kriegt er mit der Zeit den großen Bauch.

Mir tut schon der Magen so weh von den Schlägen,
die ich schluck mit der Zeit.
Aber ich hör nicht auf mit dem Kauen
und ich staun:
Wir bekommen alle noch größere Mägen.
Wir werden noch Fragezeichen und Wasserleichen verdauen,
da werd'ts schauen!

Was ein Mensch im Verlauf eines Lebens alles schlucken kann,
verdrucken kann,
das macht ihm kein anderer Vogel nach.
Was ein Mensch im Verlauf eines Lebens alles pampfen muss,
verkrampfen muss,
Wendepunkte, Rattenfänger,
Pudelskerne, Doppelgänger,
niemals liegt die Speiseröhre brach.

Ist es wieder einmal Mai,
das schluckt er.
Braucht man ihn als Papagei,
das schluckt er.
Seine eigene Innerei
schluckt er im Nu.
Was ein Mensch im Verlauf eines Lebens alles schlucken kann,
verdrucken kann,
macht ein infernalisches Ragout.
Und lächeln muss er außerdem dazu.

Jeden Anzug, der nicht passt,
den schluckt er,
jeden abgesägten Ast,
den schluckt er,
jedes Nein und jedes Ja,
das schluckt er,
sagt man »leider nur beinah«,
schluckt er,
alle Träume und Gesichte
schluckt er,
alle Maße und Gewichte
schluckt er,
Räuber schluckt er, Diebe schluckt er,
Lotterie und Liebe schluckt er.

Was ein Mensch im Verlauf eines Lebens alles schlucken
kann,
verdrucken kann!
Deshalb ist die Welt schon ziemlich leer.
Es schluckt sich schwarz und schluckt sich rot,
er schluckt sich g'sund und schluckt sich tot
und schluckt im Grab noch weiter. Nur er spürt's nicht mehr.

Kinderstunde

Das kleine Mädchen spielt auf dem Fußboden, der Vater sitzt in einem bequemen Stuhl und liest die Bildzeitung.

KIND: Papi – war Jesus ein Jude?
VATER: (nachdem er überlegt hat): Halbjude. (Pause)
KIND: Papi – war Hitler ein Jude?
VATER: Unsinn! Hitler war gegen die Juden.
KIND: Jesus doch auch.
VATER: Das ist etwas anderes. Hitler war ein böser Mensch, Jesus war gut.
KIND: Gut für die Juden?
VATER: Was heißt für die Juden? Für die Menschen.
KIND: Aber nicht für die Juden?
VATER: Nein, nicht für die Juden! Für die Menschen! (Pause)
KIND: Papi – warum liest denn du immer Zeitung?
VATER: Ich lese keine Zeitung, ich lese Bild.
KIND: Warum liest du immer Bild?
VATER: Weil's mir Spaß macht.
KIND: Was steht denn da drin?
VATER: Das verstehst du ja nicht. Also – zum Beispiel – da steht: Verteidigungsminister Wörner sagt, wir müssen auf einen Atomkrieg gefasst sein. (Das Kind lacht.) Was ist denn daran lustig?
KIND: Du hast doch gesagt, dass es dir Spaß macht.
VATER: Das heißt ja nicht, dass es lustig ist. In der Bildzeitung stehen Morde – Unfälle –, wenn jemand einen Unfall hat, macht ihm das natürlich keinen Spaß.

Aber wenn man darüber liest – (Er lacht hämisch, plötzlich wieder ernst.) –, das wirst du verstehen, wenn du erwachsen bist.

KIND: Wenn ich erwachsen bin, muss ich dann auch die Bildzeitung lesen?

VATER: Nein, das musst du nicht. Du kannst die BZ lesen, die Morgenpost, die Welt – jede Springerzeitung, die du willst.

KIND: Stehen da überall Unfälle drin?

VATER: In jeder Zeitung steht dasselbe, weil Konkurrenz muss sein.

KIND: Bei uns in der Schule war auch ein Unfall. Ein Lehrer hat seine Brieftasche verloren mit dreißig Mark.

VATER: Das ist kein Unfall. Das ist ein Unglück, aber kein Unfall.

KIND: Da war aber noch ein Unfall. Die Großmutter von der Hilde, die schon so lange krank war, die ist gestern gestorben.

VATER: Wenn sie schon alt und krank war, ist das auch kein Unfall. Das ist – na ja, das ist ein Grund, traurig zu sein, aber kein Unfall.

KIND: Was ist dann ein Unfall?

VATER: Das ist – also wenn zum Beispiel dieser Verteidigungsminister Wörner von einem Panzer überfahren wird und ist tot. Das ist kein Unglück, das ist kein Grund, traurig zu sein, das ist ein Unfall.

KIND: War Karl Marx ein Jude?

VATER: Wer?

KIND: Karl Marx.

VATER: Wo hast du denn den Namen her?

KIND: Aus dem Religionsunterricht.

VATER: Tatsächlich? Was hat denn der Herr Pfarrer über den Karl Marx gesagt?

KIND: Er hat gesagt, die Juden haben den Heiland ans Kreuz genagelt.

VATER: Das hat nichts mit Karl Marx zu tun. Da hast du wieder nicht aufgepasst.

KIND: Ich hab doch aufgepasst!

VATER: Du hast nicht – macht nichts, ist vielleicht ganz gut, wenn du nicht immer aufpasst. (Pause)

KIND: Papi – ist alles, was man in der Schule lernt, auch wirklich wahr?

VATER: N-nein – aber lernen musst du's trotzdem.

KIND: Warum muss ich's denn lernen, wenn's nicht wahr ist?

VATER: Ich hab's auch lernen müssen. Und wenn du erwachsen bist, wirst du schon merken, was wahr war ist und was nicht.

KIND: Aber die Lehrer sind doch auch erwachsen. Warum erzählen sie dann Lügen?

VATER: Die Lehrer haben ihre Vorschriften.

KIND: Was sind Vorschriften?

VATER: Vorschriften? Das ist dasselbe wie Gesetze. Die muss man befolgen, sonst wird man eingesperrt.

KIND: Hach – das wäre schön, wenn alle Lehrer eingesperrt würden.

VATER: Sie werden eben nicht eingesperrt, weil sie den Gesetzen gehorchen.

KIND: Und Lügen erzählen.

VATER: Ja, notfalls auch Lügen erzählen. Lügen sind eben das Resultat von Gesetzen – nein, Gesetze sind das

Resultat von – kurz und gut, Gesetze braucht man, damit Ordnung herrscht.

KIND: Hat Hitler auch Gesetze gemacht?

VATER: Na und ob! Die hat auch jeder befolgen müssen, sonst ist es ihm übel ergangen.

KIND: Hat Jesus auch Gesetze gemacht?

VATER: Ja, natürlich. Sehr gute Gesetze.

KIND: Aber jetzt ist er tot.

VATER: Aber nein, Kind, Jesus ist doch im Himmel und passt auf, dass alle Menschen seine Gesetze befolgen.

KIND: Aber Hitler ist tot.

VATER: Der schon gar nicht.

Der Tod im Konzert

Kann der Mensch was dafür, dass Konzerte sind?
Kann der Mensch was dafür, dass er geht?
Ist Konzert eine Form von Gebet,
dem wir ohne Humor auf der Fährte sind?

Ist Konzert ein Ergebnis der Wissenschaft
oder nur eine Form der Musik,
die uns auffrisst, als wär sie Aspik
und nur zitternd den winzigsten Bissen schafft?

Darf der Mensch sich erlauben,
sich sicher zu glauben
durch Lautsprecher und Mikrofon?
Oh, Christine Josefine
mit der Leichenbittermiene,
warum hast du nicht Verstand, statt Religion?
Der Tod ist nicht nervös,
sondern graziös,
wie ein Kulturattaché.
Er wartet auf dich im Konzerthausfoyer
und denkt, vielleicht bleibst du zu Hause.

Doch dann sieht er dich nahen,
stolz wie ein Hahn
und festlich im Flittergewand.
Da nimmt er dich ganz galant bei der Hand
und führt dich verklärt
ins Konzert.

Wenn die Geigen drin fertig geschliffen sind
und die Flöten geladen mit Blei
und die Pauken voll giftigem Brei
und die Zuhörer langsam ergriffen sind,
wenn der Stardirigent mit der Flinte kommt
und sie kaltblütig anlegt und schießt,
was dann jeder besonders genießt,
wenn der Schuss als verminderte Quinte kommt,

ja, dann hört man Puccini,
Rossini, Bellini,
doch nie, nie
den einsamen Schrei.
Oh, Christine Josefine
mit der Leichenbittermiene,
warum hast du nicht ein Ohr, statt deren zwei?

Der Tod weint in sein Bier
gleich neben dir.
Er scheint zufrieden zu sein.
Er lauscht mehr in sich selber hinein
und plant schon die nächsten Programme.

Der Tod ist abonniert.
Er finanziert
auch manchmal ein junges Talent,
sofern es sich deutlich zum Brauchtum bekennt,
das heißt, sich bewährt
im Konzert.

Wer von Bach die Toccata und Fuge hört,
überhört das Geschehen in Madrid.
Der gehässigste Antisemit
hat bei Mendelssohn immer gern zugehört.

Und was Mozart im Tiefsten empfunden hat,
wird verwandelt und heißt jetzt Kultur.
Man empfängt es um Punkt zwanzig Uhr und vergisst,
wo die Welt ihre Wunden hat.

Dass er Bruckner trainiert
und durch Brahms dividiert,
unterscheidet den Menschen vom Tier.
Oh, Christine Josefine
mit der Leichenbittermiene,
wenn du Feuer in dir hast, verbrenn's Klavier!

Der Tod, und nicht der Ton,
macht das Konzert, das unsere Herzen ergreift.
Und was uns dabei so im Innersten kneift,
ist nichts als das schlechte Gewissen.

Der Tod regelt im Frack
unseren Geschmack.
Und wir bezahlen dafür.
Er schließt hinter uns noch die schalldichte Tür,
damit uns nichts stört
im Konzert.

Die Gewohnheit

Man hat sich so viel angewöhnt,
das man sich leider nicht mehr abgewöhnen kann.
Man hat sich an den Mann gewöhnt,
den man im Spiegel sieht, und lacht ihn täglich an.
Man hat sich an sein Hirn gewöhnt,
an seine Stirn gewöhnt,
an sein Talent
und fragt sich kaum noch, wie man's früher tat,
ob man sich selber sich je abgewöhnen könnt.

Man hat sich an die Frau gewöhnt,
die sich an sich gewöhnt hat. Leider nicht an mich.
Man hat sich an den Bau gewöhnt,
der unsere Welt ausmacht, und lässt ihn nie im Stich.
Man hat sich an die Zeit gewöhnt,
an seinen Neid gewöhnt,
als stillen Begleiter,
und fragt sich kaum noch, wie man's früher tat,
wie wird es weitergehen? – denn es geht weiter.

Und wenn es nicht mehr weitergeht?
Wenn nur der Tod noch kommt, was macht man dann?
Dann stellt sich 'raus, das Leben ist so herrlich eingerichtet,
dass sich der Mensch leicht an den Tod gewöhnen kann.
Und täglich hört man immer wieder Leute stöhnen:
Wie hört man auf zu rauchen, wenn man raucht?
Man müsste sich das Nichtgewohntsein angewöhnen.
Dann hätt man endlich die Gewohnheit, die man braucht.

Das Begräbnis der Freiheit

Vergangenen Montagmorgen war Begräbnis.
Man trug die Freiheit zu Grab.
Es war für mich beinahe ein alltägliches Erlebnis,
wie ich es öfter jetzt hab.
Man gab sich feierlich, um auszugleichen,
dass man sie mordete in West und Ost.
Sie lag in ihrem Sarg und sah so aus wie alle Leichen:
jenseits von Sorge und Frost,
als könnt man sie erreichen
per Post.

Ich glaube, ihren Mördern war es peinlich.
Der eine weinte gar sehr.
Er fühlte sich verloren und verraten augenscheinlich,
weil sie nur tot war, nicht mehr.
Der Priester lächelte und trug Zylinder.
Familie gab es nicht. Sie blieb allein.
An ihrem Sarge standen ganz besonders viele Kinder,
statt in der Schule zu sein.
Sogar ein kleiner Blinder
sah 'rein.

Man schloss den Sarg und ging zum Grabe.
Der Weg war lang. Das Glöckchen bimmelte und bimmelte
und hörte nie mehr auf.
Der Priester sprach ein letztes frohes Wort.
Man gab den Totengräbern rasch ihr Trinkgeld.
Und niemand sagte irgendwas von Mord.

Man schwieg sich aus, als wär man auch so tot wie sie.
Und dann war endlich das Begräbnis um.

Man traf sich noch zum Abschied vor den Toren.
Der Blick ist schön dort ins Tal.
Man wusste zwar, man hatte etwas Wichtiges verloren,
doch schien es seltsam egal.
Man stieg ins Auto ein und fuhr zum Essen.
Jemand versprach etwas, doch was verspricht's?
Am nächsten Morgen hatte man die Freiheit längst vergessen.
Das ist der Schluss meines Berichts.
Auch in den Freien Pressen
stand nichts.

Ihr Grab liegt hinten, in der Nähe Don Quijote,
und ich besuch es manchmal heimlich – und aus Trotz.

Die Schizophrenie

Wer pflegt mit Mut die Fantasie?
Die Schizophrenie.
Wer lebt ganz ohne Marie?
Die Schizophrenie.
Wer will nur Arbeit, Leistung und Fleiß,
wer macht uns weis, was man ohnehin weiß,
und wer sagt zu all dem »Hi, hi«?
Die Schizophrenie.

Wer trotzt der Psychiatrie?
Die Schizophrenie.
Wer wacht froh auf in der Früh?
Die Schizophrenüh.
Wer macht den Mann zum Soldaten, wenn er kann,
und fängt damit schon beim Wickelkind an,
aber wer ist der Lebensjongleur?
Der Schizophreneur.

Eine Dattel hüpft im Urwald, eine Hummel sucht den Lenz,
eine Birke kriegt ein Kind,
hinterm Glockenturm verfängt sich eine Kuckuckskonferenz,
Goethe schillert durch den Wind,
eine Eule sagt ganz leise: »Jetzt hat du drei Wünsche frei«,
der Herr König kauft sich endlich einen Pfau –
siehst du: Das ist klasse!
Wie geschaffen! Dunkelblau!
Siehst du? Das ist klasse!
Bisschen südlich, doch im Grunde ganz genau!

Was macht Afrika im Winter?
Was sagt Klopstock, wenn er schweigt?
Was bedeutet eine Maus?
Wenn ein gleichschenkliges Dreieck einem Doktor
etwas zeigt,
kommt da ein Wiegenlied heraus?
Drüben sieht man Nofretete und daneben Alpha Drei
und wenn man weitergeht, erreicht man einen Kuss –
siehst du: Das ist klasse!
Ohne Anfang, nur mit Schluss!
Siehst du? Das ist klasse!
Etwas Niederlage, aber mit Genuss!

Als Strindberg in die Schule ging, da gab es noch kein Bier.
Er konnte sich nicht beschwipsen.
Genau wie Ibsen!
Als Wedekind erst achtzehn war, besaß er ein Klavier.
Er spielte darauf ein Solo.
Genau wie Marco Polo!
Drum lass dir das eine Lehre sein und geh nicht zu
den Zwergen!
Steck deine Nase nie hinein, sonst kriegst du sie nie heraus!
Ja, lass dir das eine Lehre sein! Deine Mutter meint's
doch gut!
Das Leben ist kein Spiel!
Der Erste kommt ans Ziel.

Eine Kerze steht im Fenster. Das bedeutet Eis und Schnee.
Halt die Augen lieber still!
Meine Tante fliegt im Kreise und sagt jedes Mal Ade.
Sie wird schon wissen, was sie will.

Doch was ist schon eine Tante im Vergleich zu Willy Brandt?
Wenn du dich schüttelst, fällt die Asche von der Brust.
Siehst du: Das ist klasse!
Und du hast es nie gewusst!
Siehst du? Das ist klasse
für die Mücken und die Gletscher
und die Fischlein im Geplätscher,
von Gründonnerstag bis morgen im August.

Der Geschlechtsverkehr

Ein Sketch für utopisches Kabarett

Ansager:
Ein wichtiges gesellschaftliches Phänomen ist der Geschlechtsverkehr. Die am meisten verbreitete Form findet zwischen Mann und Frau statt. Jeder weiß, wie eine Frau aussieht. Denn entweder ist er selber eine oder er hat mehrfach versucht, eine kennenzulernen. Hat er keine kennengelernt und kann dies beweisen, so darf er das Theater verlassen und sein Eintrittsgeld wird ihm zurückerstattet. Da niemand das Theater verlässt, können wir annehmen, dass jeder weiß, wie eine Frau aussieht, und dass wir ihm nichts Neues sagen, wenn wir ihm sagen, dass eine Frau zum Beispiel so aussieht.

(Eine nackte Frau tritt auf.)

Jeder weiß, wie ein Mann aussieht. Denn entweder ist sie selber einer oder sie hat mehrfach versucht, einen kennenzulernen. Hat sie keinen kennengelernt und kann dies beweisen, so darf sie das Theater verlassen und das Eintrittsgeld wird zurückerstattet. Da niemand das Theater verlässt, können wir annehmen, dass alle wissen, wie ein Mann aussieht, und dass wir nichts Neues sagen, wenn wir sagen, dass ein Mann zum Beispiel so aussieht.

(Ein nackter Mann tritt auf.)

Jeder weiß, was Geschlechtsverkehr ist. Denn entweder er hat ihn selber schon betrieben oder er hat es versucht und weiß daher, wie er betrieben werden könnte. Hat jemand hier noch nie Geschlechtsverkehr betrieben und es auch noch nie versucht und kann es beweisen, so darf auch diese Person das Theater verlassen, aber das Eintrittsgeld wird nicht zurückerstattet, denn dann hat sie zumindest eine einzige Erfahrung im Leben gemacht. Da aber niemand das Theater verlässt, können wir annehmen, dass jeder weiß, wie Geschlechtsverkehr aussieht, und dass wir nichts Neues sagen, wenn wir sagen, dass er zum Beispiel so aussehen kann.

(Die beiden Nackten betreiben Geschlechtsverkehr.)

Die katholische Kirche ist offiziell der Meinung, dass Geschlechtsverkehr einzig und allein für die Fortpflanzung der Gattung betrieben werden soll. (Der G. hört auf.) Dieser seltsame Standpunkt verdient Erwähnung, aber keinerlei Beachtung. (Der G. beginnt wieder.) Im Grunde genommen gibt es beim heterosexuellen Geschlechtsverkehr zwischen zwei Personen, so wie er hier vorgeführt wird, vier Möglichkeiten. Entweder es gefällt ihm, gefällt ihr aber nicht. (Die Nackten führen dies vor.) Oder es gefällt ihr, gefällt ihm aber nicht. (Die Nackten führen es vor.) Oder es gefällt keinem von beiden. (Der G. hört auf.) Oder es gefällt beiden. (Der G. beginnt wieder.) Auch für die Zuschauer gibt es vier Möglichkeiten: Entweder es gefällt oder es gefällt nicht. Drittens aber mag es jemandem so missfallen, dass es ihn geradezu abstößt. Und viertens mag es jemandem so gefallen, dass es ihn aufregt, anregt, dass er am liebsten mitmachen würde. Nun, es mag welche unter Ihnen geben, denen diese Vorführung missfällt. Denen sollten wir den Gefallen tun, damit aufzuhören. (Der G. hört auf.) Es mag aber auch welche unter Ihnen geben – (Der G. beginnt wieder.) –, denen diese Vorführung geradezu zuwider ist. Auch für die sollten wir aufhören. (Der G. hört auf.) Es mag aber auch einige unter Ihnen geben – (Der G. beginnt wieder.) –, die diese Vorführung zum Mitmachen anregt oder bei denen zumindest die Gefahr des Mitmachens besteht. Auch für die sollten wir aufhören – (Der G. hört auf.) –, denn das Gesetz verbietet die Ausübung des Geschlechtsverkehrs in der Öffentlichkeit. Aufhören müssen wir also auf jeden Fall und, sehen Sie, meine Damen und Herren, das ist eigentlich das Unangenehmste am Geschlechtsverkehr.

Amen

Abends, wenn ich schlafen muss,
sagt mein Vater beim Abschiedskuss:
Du kannst gut sein oder gräulich,
du kannst süß sein oder abscheulich,
aber Kind, was immer auch komm,
sei fromm!

Morgens, wenn ich früh aufsteh,
sagt meine Mutter beim Kaffee:
Du kannst einfach sein oder patzig,
anschmiegsam oder kratzig,
doch egal, was du tust, nimm Notiz:
Gott sieht's.

Doch meine Mutter schmiert meinen Vater aus
mit Männern und mit Geld.
Und mein Vater hat ein Haus,
in dem er Gastarbeiter prellt.
Und beide sagen, wer Frieden will,
der ist ein Anarchist.
Und ich soll lieber tot sein
als ein lebender Kommunist.
Drum alle Kinder, herhören!
Was ich sage, ist nicht dumm.
Wenn eure Eltern euch ermahnen,
dreht den Spieß mal um!

Habt ihr noch einen treu euch liebenden Vater,
dann werft ihn möglichst tief in einen Krater!
Und habt ihr dann noch immer eine Mutter,
im Zoo gibt es Geier, verkauft sie als Futter!

Und will euch sonst noch irgendwer belehren
und euch zu Fleiß und Tüchtigkeit bekehren,
dann schlagt ihn mit der Peitsche übers Schnütchen
und singt ihm ein Liedchen!
Dieses Liedchen geht so:

Die Welt ist schlecht
und ungerecht,
die Welt ist, wie sie ist.
Und wer die Welt
für christlich hält,
der ist kein guter Christ.
Die Welt ist eine Strafanstalt
und die Toten sind die Sträflinge,
die rechtzeitig entkamen.
Amen!

Wer sagt, seid fromm und zahlt die Kirchensteuer,
der weiß, warum: Auch der billigste Papst kommt teuer.
Der Kanzler sagt, wir werden Deutschland retten
mit amerikanischen Waffen und deutschen Skeletten.
Das Volk schreit gern Hurra für Königinnen
und will ausgerechnet die Weltmeisterschaft gewinnen.
Wer Geld hat, bleibt drauf sitzen und kommt nicht 'runter.
Die Erde geht unter
und wir lachen uns tot.

Die Welt ist dumm
und rundherum
ein widerliches Pack.
Man küsst sich in der Unterhose,
tötet sich im Frack.
Als Kind lernt man nur Zahlen
und Methoden und Statistiken
und viel zu wenig Namen.
Amen!

Ich hab gehört, es ist viel schöner in China.
Dort ist genügend Platz für alle Berliner
und dann noch genügend Platz für Neger und Juden
und Palästinenser und Currywurstbuden.
Und wenn dann alle Leute zusammen dort wohnen,
vielleicht ist dann kein Platz mehr dort für Kanonen.
Doch werd ich damit wohl auf taube Ohren stoßen.
Denn Kinder sollen schweigen. Genau wie die Großen.

So bleibt die Welt
ein weites Feld
von Dummheit und Gewalt.
Und wer anstatt
nur Liebe hat,
der wird dabei nicht alt.
Aber vielleicht gelingt der Untergang
und der Jüngste Tag wird noch ein Riesenfest!
Meine Herren und Damen –
Amen!
Die Welt ist blau!
Die Leichenschau

wird eine Sensation.
Das Fernsehen zeichnet alles auf
und ist vorher entflohen.
Die allgemeinen Krankenkassen sorgen für die Krüppel,
die Verseuchten und die Bluter
und die Selbstmörder und Missgeburten,
die Blinden und die Lahmen.
Amen!

Der Gedanke ist gut

Bei seinem reichen Onkel
erschien der Neffe Kohn
und sagte: Ich hab eine Frau
und einen kleinen Sohn.
Ich hab auch viele Schulden.
Das Geld jedoch hast du.
Dass ich es erb, was nützt mir das?
Gib mir schon jetzt ein bissel was,
dann hab ich meine Ruh.
Der Onkel sprach: Hör zu,

der Gedanke ist gut, aber die Ausführung lässt warten.
Der Gedanke ist gut, aber die Tat ist diffizil.
Denn wenn ich dir schon jetzt was geb
und dann noch meinen Tod erleb,
werd ich mich kränken, denn dann bleibt dir nicht
mehr viel.
Der Gedanke ist gut, aber die Durchführung ist schlimmer.
Darum schlage ich vor, du kommst zurück in einem Jahr.
Wenn ich dir dann nichts geb, weißt du noch immer,
dass dein Gedanke trotzdem ausgezeichnet war.

Beim Fernsehintendanten
beschwerte sich ein Mann:
Die Sendungen sind furchtbar!
Schauen Sie sie gar nicht an?
Sie geben den schwachen Künstlern,
die Protektion haben, nach.

Wenn einer intrigieren kann,
dann kommt er immer wieder dran.
Die guten liegen brach.
Der Fernsehfritze sprach:

Der Gedanke ist gut, aber die Ausführung lässt warten.
Der Gedanke ist gut, doch die Erfüllung macht mir bang.
Denn wenn man unser Fernsehen jetzt
auf einmal mit Könnern besetzt,
hab ich ja selber meinen Posten nicht mehr lang.
Der Gedanke ist gut, aber das Werk wird nicht geschehen.
Darum schlage ich vor, dass ich mir weitere Worte spar,
und auf dem Fernsehschirm kann jeder sehen,
dass Ihr Gedanke wirklich ausgezeichnet war.

In Russland herrschen Krieger,
in Japan herrscht der Yen,
in Afrika die Falschen,
in Deutschland herrscht das Wenn,
Amerika führt Kriege
in vielerlei Gestalt.
Und daraus folgt als letzter Schluss,
dass man das alles ändern muss,
sonst werden wir nicht sehr alt.
Wenn's sein muss, mit Gewalt.

Der Gedanke ist gut, aber die Ausführung lässt warten.
Der Gedanke ist gut, aber wir kommen nicht vom Fleck.
Wenn wir nicht ihre Pläne stören,
wird die Zukunft nicht uns gehören.
Die Generale sterben nicht von selber weg.

Der Gedanke ist gut, aber die Herrscher demagogisch.
Der Gedanke ist gut, aber die Welt ist leider trist.
Wenn ich so um mich blick, seh ich ganz logisch,
dass mein Gedanke wirklich ausgezeichnet ist.

Das klassische Gedicht

Szene für einen Schauspieler und einen Lautsprecher

SPIELER: Meine Damen und Herren, an dieser Stelle unserer Fernsehsendung wollte ich Ihnen ein kabarettistisches Lied bringen, das gerade jetzt brennend aktuell ist, aber unser Abteilungsleiter hat den Text gelesen, hat sehr gelacht, hat gesagt, ha, ha, dieses Lied ist wirklich wahnsinnig komisch und wahnsinnig aktuell, ha, ha, das können wir leider nicht bringen. Jetzt habe ich also noch drei Minuten Zeit und werde etwas tun, was ich schon lange im Fernsehen tun wollte. Ich werde Ihnen ein klassisches Gedicht vortragen. Ich möchte zeigen, dass ich auch ein ernst zu nehmender Schauspieler sein könnte, wenn man mich nur ließe. Meine Damen und Herren: Der Erlkönig (deklamiert), Wer reitet so spät durch Nacht und Wind? Es ist der Vater mit seinem Kind. (Aus einem Lautsprecher ertönt eine Stimme, gleichgültig ob männlich oder weiblich.)

STIMME: Entschuldigen Sie – Verzeihung, wenn ich unterbreche!

SPIELER: Ja? Wer spricht mit mir? Wo sind Sie?

STIMME: Sie können mich nicht sehen, nur hören. Ich sitze im Kontrollraum. Ich bin der Bevollmächtigte der Programmdirektion. Wir wollen natürlich keinerlei Zensur auf Sie ausüben – nur eine Frage: Wenn ich Sie richtig verstanden habe, so wollen Sie jetzt vom vorbereiteten Manuskript abweichen und ein Gedicht bringen, das unserer Rechtsabteilung nicht vorgelegt worden ist.

SPIELER: Das stimmt, aber die Rechtsabteilung hat da sicher nichts dagegen. Es ist ein klassisches Gedicht.

STIMME: Wie gesagt – keinerlei Zensur –, es ist nur meine Pflicht, Sie in diesem Fall darauf aufmerksam zu machen, dass Sie von Millionen Menschen gesehen und gehört werden, darunter vielen Jugendlichen.

SPIELER: Über die Jugendlichen brauchen Sie sich schon gar keine Sorge zu machen. Dieses Gedicht lernt man in der Schule.

STIMME: Wie Sie meinen! Entschuldigen Sie die Unterbrechung!

SPIELER: Bitte. – Ich fange noch einmal an. –
Wer reitet so spät durch Nacht und Wind?
Es ist der Vater mit seinem Kind.

STIMME: Entschuldigen Sie, bitte, nur eine Frage: Welcher Vater und welches Kind?

SPIELER: Was heißt welcher Vater und welches Kind? Irgendein Vater und irgendein Kind.

STIMME: Irgendein Kind? Also nicht sein eigenes Kind?

SPIELER. Natürlich sein eigenes Kind.

STIMME. So natürlich ist das heutzutage längst nicht mehr. Wie viele Kinder hat der Mann denn gehabt?

STIMME: Das weiß ich nicht. Das ist in diesem Fall aber auch ganz egal.

STIMME: Ja, das sagen Sie! Und wir kriegen dann wieder die Anrufe und die Briefe, warum der Vater geritten ist, warum er sich nicht ein Taxi genommen hat, warum das Kind so spät in der Nacht überhaupt noch wach war –

SPIELER: Hören Sie auf! Ich – ich mache Ihnen einen Vorschlag: Ich trage einfach ein anderes klassisches Gedicht vor, in dem solche Probleme gar nicht erst zur Sprache kommen.

STIMME: Das ist sehr freundlich von Ihnen. Wir wollen natürlich keine Zensur auf Sie ausüben.

SPIELER: Schon gut – ich spreche ein anderes Gedicht. Festgemauert in der Erden steht die Form aus Lehm gebrannt. Heute muss die Glocke werden –

STIMME: Einen Moment! Ich glaube, damit bringen Sie sich selbst in die allergrößten Schwierigkeiten.

SPIELER: Ich? Wieso? Mit wem?

STIMME: Mit der Gewerkschaft natürlich. Sie sagen: »Heute muss die Glocke werden!« Das lässt sich doch keine Gewerkschaft gefallen. Könnten Sie das nicht vielleicht ändern?

SPIELER: Ändern?

STIMME: Nun ja, Sie könnten zum Beispiel sagen: »Nächste Woche könnte eventuell die Glocke fertig werden.«

STIMME: Ausgeschlossen! Das wäre unmöglich. Ach – wissen Sie, was –, mir fällt da ein anderes Gedicht ein, bei dem solche Schwierigkeiten vermieden werden können. Ich bin bereit, ein anderes Gedicht aufzusagen.

STIMME: Das überlasse ich natürlich Ihnen. Wir wollen keinerlei Zensur auf Sie ausüben.

SPIELER: Ich weiß. Ich trage ein sehr berühmtes und natürlich ganz harmloses Gedicht vor.
Es war ein Kind, das wollte nie
zur Kirche sich bequemen –

STIMME: Derlei Polemik sollten Sie lieber der Sendung »Wort zum Sonntag« überlassen.

SPIELER: Hören Sie, das ist doch der bare Unsinn. Das ist ein klassisches Gedicht von Goethe.

STIMME: Das weiß ich ja. Und wenn Sie das Gedicht rechtzeitig eingereicht hätten, wie es Ihre Pflicht war, dann hätte sich unsere Rechtsabteilung die Sache angesehen und es gäbe jetzt keine Verzögerung.

SPIELER: Gut, gut – ich denke da gerade an ein Gedicht –, ha, ha – da werden sogar Sie nichts auszusetzen finden. Es ist ein klassisches, auf der ganzen Welt bekanntes Gedicht.

STIMME: Na also, das freut mich. Wir wollen nämlich keinerlei Zensur auf Sie ausüben.

SPIELER: Das ist mir klar. – Meine Damen und Herren, zum Abschluss ein berühmtes klassisches Gedicht von Heine. Ich weiß nicht, was soll es bedeuten –

STIMME: Wenn Sie schon nicht wissen, was es bedeuten soll, was soll dann unsere Rechtsabteilung denken?

SPIELER: Hören Sie – wenn Sie meinen, Sie können mich hier demoralisieren –

STIMME: Aber nein!

SPIELER: Ich bin ein mutiger Kabarettist. Ich werde hier stundenlang Gedichte vortragen, bis Sie eines genehmigen.

STIMME: Warum regen Sie sich denn auf? Wir wollen doch keinerlei Zensur auf Sie ausüben. Wir sitzen doch alle im gleichen Boot.

SPIELER: Vielleicht – aber das Boot wackelt. Egal – ich trage noch ein klassisches Gedicht vor:
Zu Dionys, dem Tyrannen, schlich
Damon, den Dolch im Gewande –

STIMME: Wir wollen keinerlei Zensur ausüben, aber Terroristenlyrik geht zu weit.

SPIELER: Terroristenlyrik? Dieses Gedicht ist von Schiller!

STIMME: (nach einer kleinen Pause) Vom Ministerialrat Schiller?

SPIELER: Aber nein, von Friedrich Schiller, dem Dichterfürsten.

STIMME: Das habe ich mir ja gleich gedacht. Lieber Herr, Sie sind doch kein Neuling bei uns. Von Tyrannen und Dolchen und Sachen im Gewande können wir hier nicht reden. Es sitzen ja schließlich Kinder vor der Mattscheibe. Ich verstehe auch überhaupt nicht, warum Sie immer ein neues Gedicht anfangen. Es wäre doch viel einfacher, die alten so zu ändern, dass niemand an ihnen etwas auszusetzen hat. Das machen wir schon seit Jahren so.

SPIELER: (müde) Gut – ich werde es versuchen: Zu Dionys, dem – Lebensmittelhändler – schlich Damon – eine Tafel Schokolade im Gewande. Ihn schlugen die Häscher in Bande.

STIMME: Warum?

SPIELER: Da haben Sie recht. Eine Tafel Schokolade ist kein Anreiz für einen Häscher. Ich werde es ändern:

Er kam mit den Häschern zu Rande.
Dann holte er sich einen Bürgen,
einen netten Mann, namens Jürgen.
Sie spielten zusamm' in der Kneipe Skat,
eine Stunde lang, bis Dionys bat:
Ich sei, gewährt mir die Bitte,
bei eurem Skatspiel der Dritte.

Stimme: Na also, bravo! Warum haben Sie das nicht gleich gesagt?

Sie war liab

Was man allen alles sagen könnte,
wenn man sagen könnte, was man sagen könnte,
wenn man wissen dürfte, dass schon alle wissen,
was man sagen könnte oder zeigen!
Würden alle allen alles sagen?
Würden alle sagen, dass sie alles sagen,
wenn sie wissen dürften, dass schon alle wissen,
was sie sagen könnten, oder schweigen?

Alle wissen, was man sagen könnte
und durch Fragen vieles leichter tragen könnte,
aber alle wissen, dass man wissen könnte,
dass sie wissen könnten, was man weiß.
Jeder blickt herum im Kreis.
Jedem wird ein bissel heiß.
Klein ist der Inhalt und groß der Verschleiß.

Wenn man nur mit jedem reden könnte!
Wie man reden könnte, wenn man reden könnte,
wenn man einfach jeden überreden könnte,
seine Fäden nicht so straff zu ziehn.
Aber da doch jeder ahnen könnte,
jedem schwanen könnte, was man planen könnte,
ihn an irgendeine Pflicht gemahnen könnte,
sagt man gar nichts, außer: Wien bleibt Wien.

Da die Donau … da der Wienerwald …
und im Wienerwald bist du …
da der Prater … da der Stephansturm …
im Helenental findst Ruh' …
wo der Fink blüht und der Fliederbusch,
wo ein Hund bellt … Grund zum Glücklichsein …
wo der Wein einen Strich durch die Schwüre macht,
spielt ein Streichquartett ganz allein …
wo der Neid rauscht und der Zeit lauscht,
wo die Uhr steht, weil s' net weiterkann,
wo 's Ballett vor Begeisterung nicht tanzen will,
kommt's auf ein Wörterl mehr gar net an …

Wenn man alle nur begreifen könnte,
sich vergreifen könnte und sie kneifen könnte,
ein paar Rücken brechen und versteifen könnte,
aber alle warten auf das Gleiche.
Wenn man nur darüber lächeln könnte,
wenn die Luft so war, dass man sich fächeln könnte,
nicht ersticken müsste, nicht mehr röcheln könnte,
aber alle wollen nur die Leiche.

Jeder weiß, dass man ertrinken könnte,
doch bevor man ganz und gar versinken könnte,
glaub ich fest, dass jeder einmal winken könnte
oder rufen: »Geh doch noch nicht fort!
Gibt's denn einen besseren Ort?
Freunde hast du keine dort.«
Klein ist der Sinn, aber groß ist das Wort.

Wenn man noch einmal erwachen könnte,
drüber lachen könnte und was machen könnte,
wie sie alle dich am liebsten hängen würden
und dich drängen würden: Geh und stirb!
Und wenn man dann schließlich sterben würde
und zerfallen würde und verderben würde,
wie dann jeder freudig sich verfärben würde
und behaupten würde: »Sie war liab!«

Zu leise für mich

Ich sitz schon lang im Kabarett und singe Lieder,
wie eine mutige, doch alternde Soubrett'.
Und diese Lieder hören die Leute immer wieder,
und der Flieder
blüht im nächsten Mai genauso violett.

Ich singe lächelnd, denn ich denke an die Pause.
Die Leute lächeln, denn sie wollen mich gern verstehn.
Dann ist die Vorstellung vorüber, und ich sause,
und zu Hause
fällt mir ein: Es ist schon wieder nichts geschehn.

Denn tralala, so ist das Leben.
Man setzt sich, doch man setzt sich stets daneben.
Irgendwer drüben treibt etwas, meldet sich,
aber zu leise für mich.

Ich sing von Frühling und von Liebeslust im Grünen,
auch von Politikern und manchem krummen Ding.
Die Leute lachen, und sie klatschen wie Maschinen,
aber ihnen
ist es vollkommen egal, warum ich sing.

Ich hör die Leute unten denken, seh sie schwanken,
und ihre Tränen fallen meinen vis-à-vis.
Ich möcht auch allzu gern mit dem und jenem zanken,
doch sie danken
und verschwinden mit der eigenen Melodie.

Denn tralala, so ist das Leben.
Erst geht man auf den Leim, dann bleibt man kleben.
Wenn einer laut um Hilfe schreit, außer sich,
ist er zu leise für mich.

So sitz ich nach wie vor hier fest und singe Lieder
und bleibe wirkungslos vom eigenen Klang berauscht.
Die schönen Damen plustern eifrig ihr Gefieder
auf und nieder,
doch man hört mich nicht, auch wenn man höflich lauscht.

Ich singe Lieder in die blauwattierte Ferne.
Ich hänge Klagen an die pausenlose Zeit.
So hebt ein jeder seine winzige Laterne,
und ich lerne:
Nur das Lied bleibt und die Hoffnungslosigkeit.

Denn tralala, so ist das Leben.
Und dieser Schaden lässt sich schwer beheben.
Andere singen ebenso, sicherlich,
aber zu leise für mich.

WIR SIND ALLE TERRORISTEN

In Deutschland

Der Mond besteht aus Strahlen.
In Deutschland nur aus Gips.
Der Grieche trägt Sandalen.
In Deutschland trägt er Schlips.

Der Baum bedarf der Erde.
Auf Deutschland liegt ein Stein.
Das Schaf lebt in der Herde.
In Deutschland lebt's allein.

Die Weite liebt der Finne.
Der Deutsche liebt das Bier.
Der Mensch hat tausend Sinne.
Der Deutsche drei bis vier.

Gazellen können springen.
Der deutsche Mann hat Bauch.
In Mailand muss man singen.
Die Deutschen singen auch.

Der Spanier liebt die Pose.
Der Deutsche Schritt und Tritt.
Voilà, sagt der Franzose.
Und ob!, sagt der Herr Schmidt.
Der Russe schluckt den Tadel.
Der Deutsche spricht von Schmach.
Der Brite liebt den Adel.
Der Deutsche weint ihm nach.

Die Schwedinnen haben Brüste.
Der Deutsche einen Hund.
Wie grün ist Irlands Küste!
Wie braun der Deutsche Bund!

Die Liebe ist ekstatisch.
Der Deutsche klopft den Skat.
Soldaten sind phlegmatisch.
Der Deutsche ist Soldat.

Der Südländer verliebt sich.
In Deutschland wird gestrebt.
Der Ungar stirbt mit siebzig.
Der deutsche Rentner lebt.

Mongolen sind gewaltsam.
Der Deutsche kennt die Pflicht.
Der Priester ist enthaltsam.
Der deutsche Priester nicht.

In Indien gibt es Tiger.
In Deutschland gibt es Schrott.
Die Menschen fürchten Krieger.
Die Deutschen fürchten Gott.

Der Pole steht betroffen.
Der Deutsche steht im Bus.
Im Osten lebt das Hoffen.
In Deutschland lebt, wer muss.

Samoa

Ich frage: Gab's je eine Zeit
mit nichts als Frieden weit und breit?
Gab's eine Zeit, in der kein Hunger und kein Krieg war?
Gab's eine Zeit ganz ohne Neid
und ohne Arbeitslosigkeit,
in der nicht alles voll Gewalt und Politik war?

Ich kenn ein Dörflein im Südosten von Samoa,
dort steht die Zeit still. Schon seit achtzehnhundertneun.
Das Volk ist froh dort und wird täglich immer froher.
Man hat nichts anderes zu tun, als sich zu freuen.

In diesem Dörflein in Samoa hat man alles, was man braucht.
Und ganz egal, wo was passiert, es ist nicht dort.
Es gibt nur Heiterkeit und Ruh.
Doch wer zieht hin? Nicht ich, nicht du!
Im Gegenteil: Die Samoaner ziehen fort.

Die Samoaner ziehen nach Japan, nach New York und
nach Berlin,
um sich an Umweltschmutz und Aktien zu berauschen.
Vielleicht wär's gut, wenn wir indessen nach Samoa
'rüberziehen,
in anderen Worten: mit den Samoanern tauschen.

Wir bauen dort Autobahnen, Fernsehen, eine Oper,
gründen Parteien – was man so braucht zu seinem Glück.
Die Samoaner schaffen Frieden in Europa.
Und dann geht jeder in sein Heimatland zurück.

Man wird mir sagen, das ist ein Traum.
Wer zu viel träumt, kommt in den Knast.
Der Kanzler schätzt es nicht, wenn man von Träumen
spricht.
Denn das Geheimnis, gib gut acht:
Ein Traum gibt Kraft; wir brauchen Macht.
Das ist der Unterschied: Wo Macht ist und wo nicht.

Seit ich das weiß, lässt mich das Los der Samoaner
nicht in Ruh.
Ich sag mir: Macht hat einfach jeder, der grad drankommt.
Doch was mich wach hält jede Nacht,
ich frag: Was macht man ohne Macht?
Und in Samoa weiß man das, sobald man ankommt.

Ich fange an, die Samoaner zu beneiden,
und hoffe insgeheim, auch sie beneiden mich.
Nur wenn ich frag: Wer hat es besser von uns beiden?,
dann lässt mich leider die Entscheidungskraft im Stich.

Hier ist es hässlicher als dort. Dafür ist's dort bestimmt
sehr fad.
Und war man dort, dann zog man fort und wieder hin.
Wir wollen Macht, wir wollen Traum.
Und in Samoa wächst ein Baum,
wer drunter einschläft, träumt begeistert von Berlin.

Ihr wisst gar nichts

Ich rede nie mit Wissenschaftlern oder Generälen,
mit Kanzlern, mit Ministern oder gar mit Kardinälen,
doch hätt ich die Gelegenheit dafür,
dann würd ich denen sagen: Ihr seid dumm,
denn was wisst ihr?

Ihr wisst gar nichts.
Ihr lernt nur Unnützes und redet viel davon.
Ihr wisst gar nichts.
Für euch kommt Liebe nur bei Dichtern vor und
in der Religion.
Alles macht ihr größer und geschwinder.
Könnt ihr nichts mehr leiser und gelinder?
Wie man den Frieden schafft, wisst ihr nicht.
Müsst ihr nicht.
Ihr wisst auch nicht,
warum die meisten Menschen traurig sind
und darum wisst ihr gar nichts.
Ihr hört gern Mozart, denn der lässt euch halbwegs kühl.
Ihr wisst gar nichts.
Ihr habt das Leben nicht im Griff und habt den Tod
nicht im Gefühl.
Schlaft ihr denn, wenn alle Glocken schlagen?
Merkt ihr nicht, ihr habt uns nichts zu sagen?
Könnt ihr überhaupt jemals glücklich sein?
Ich glaub, nein.

Doch wie gesagt, ich rede nie mit Herrschern und Regierenden,
ich rede nur mit Bürgern oder anderen Verlierenden.
Und wenn denen die Zukunft Sorge macht,
dann sag ich ihnen: Freunde, es wird Zeit, dass ihr erwacht.

Ihr wisst gar nichts,
wisst nicht, dass Macht nur Hass und Krieg und
Kerker bringt,
ihr wisst gar nicht,
wie schön die Welt sein kann, solang man in ihr lebt,
statt sie bezwingt.
Habt ihr denn als Kinder nie gefroren?
Werdet lieber Menschen, statt Doktoren!
Wie selten Freunde sind, wisst ihr nicht,
vermisst ihr nicht.
Ihr wisst auch nicht,
dass Patrioten immer böse Leute sind.
Ach, ihr wisst gar nichts.
Ihr bleibt für Seufzer taub und bleibt für Tränen blind.
Ihr wisst auch nicht,
dass man Gesetze nicht befolgen muss, die gegen die
Menschen sind.
Aber eines Tags wird alles grünen.
Niemand wird regieren, niemand dienen.
Wird die Nacht dann hell? Ist das Glück dann da?
Ich glaub, ja.

Schieß mit mir

Eine Operettenarie

Ein Gardeoffizier, ein junger Leutnant,
war fern von der Heimat im Kriege.
Das Mädchen neben ihm nahm plötzlich seine Hand
und sagte: 's wär falsch, wenn ich schwiege.
Ich beobachte dich jetzt schon längere Zeit.
Du bist traurig, Herr Leutnant, und das tut mir leid.
Ja, im Krieg geht gar mancherlei vor.
Und dann sang sie ihm zärtlich ins Ohr:

Schieß mit mir, komm, schieß mit mir!
Wir werden schon irgendwen töten.
Bomb mit mir, komm, bomb mit mir!
Wir wollen die Feinde zertreten.
Unsre Liebe erblüht erst beim krachenden Schuss.
Wenn Verwundete brüllen, wie gut schmeckt ein Kuss!
Oh Liebling, schieß mit mir, komm, schieß mit mir,
mein feuriger Landesbefreier!
Schieß mit mir, ja, schieß mit mir!
Wir treffen ein paar in die Eier.
Lass uns fröhlich mit schweren Kartätschen
die feindlichen Leiber zerquetschen!
Ach, schieß mit mir, ja, schieß mit mir!
Zusammen gehört uns die Welt,
mein Held.

Der Krieg ging schnell vorbei. Der junge Leutnant
kam einbeinig heim in sein Städtchen.
Da sah er eines Tages in einem Restaurant
ein schönes einarmiges Mädchen.
Er rief ihren Namen mit zitternder Lust,
da lag sie schon voll Leidenschaft an seiner Brust.
Und dann sangen sie beide voll Glück
ihre alte vertraute Musik:

Schieß mit mir, komm, schieß mit mir!
Wir werden schon irgendwen töten.
Bomb mit mir, komm, bomb mit mir!
Wir wollen die Feinde zertreten.
Ach, erinnerst du dich noch der seligen Zeit,
als wir glücklich vereint waren im blutigen Streit?
Oh Liebling, schieß mit mir, komm, schieß mit mir!
Wie süß, auf dem Schlachtfeld zu lieben!
Schieß mit mir, ja, schieß mit mir!
Ich metzgerte heute erst sieben.
Niemand fragt, ob der Krieg nun verloren.
Neue Feinde werden täglich geboren.
Drum schieß mit mir, ja, schieß mit mir!
Es gibt nur den Sieg
bis zum nächsten Krieg.

Ein Politiker hat keine Liebe

Ein Politiker hat keine Liebe,
ein Politiker hat seine Frau.
Die ist hässlich, aber wenigstens verlässlich.
Bei der Liebe weiß man das nicht so genau.
Er sagt: Eros ist vielleicht was für Toreros
und das Gleiche gilt für Rosen und Musik.
Ein Politiker hat keine Liebe,
ein Politiker hat Politik.

Ein Politiker hat keine Liebe,
ein Politiker hat seine Macht.
Ist er rege, geht die Macht bald eigene Wege
und beherrscht ihn selber, ehe er's gedacht.
Durch Verschlingung wird sie schließlich zur Bedingung,
ihr stetes Wachstum wird sein Lebensunterhalt.
Ein Politiker hat keine Liebe,
ein Politiker hat nur Gewalt.

Ein Politiker muss isoliert sein.
Lass ihn tanzen dort am Rande des Vesuvs!
Denn Gefühle stören immer seine Kühle.
Das ist nichts als eine Folge des Berufs.
Du geh der Liebe nach, genieße deine Triebe!
Alles andere war unverantwortlich.
Ein Politiker hat keine Liebe,
ein Politiker hat dich und mich.

Wir sind alle Terroristen

Wir sind doch alle, alle, alle Terroristen.
Es lebt in ganz Deutschland kein Demokrat.
Wir sind Terroristen gegen die Frauen,
gegen die Kinder, die uns vertrauen,
aber nicht einer gegen den Staat.

Die meisten schreien schon früh am Morgen: Na,
was ist denn?
Warum funktioniert nichts? Ist denn keiner auf Draht?
Wir sind Terroristen gegen die Liebe,
gegen die Faulenzer, gegen die Diebe,
aber nicht einer gegen den Staat.

Dabei ist grad der Staat das größte Übel,
das alle Menschen seit Jahrhunderten versaut.
Und jeder Einzelne von uns ist nur ein Dübel,
in den der Staat den Nagel seiner Allmacht haut.

Und letztlich macht uns dieser Staat zu Terroristen,
denn wir sind seine Bürger und sein Fabrikat.
Wir werden Terroristen gegen die Stille,
gegen die Abtreibung, gegen die Pille,
gegen die Schwulen, denn um die ist nicht schad,
aber nicht einer gegen den Staat.

Weißt du, was das heißt: Polizeipräsident?
Weißt du, was das heißt: Infanterieregiment?
Was heißt Kommissar, Kabinett oder Bundeskanzler?

Macht heißt es.
Was heißt Parlament oder Bürgermeister?
Mensch, gib acht!, heißt es.
Andere bestimmen, ob du stirbst oder ob du lebst.
Andere bestimmen, was du denkst und wonach du strebst.

Und sie bestimmen dich zum staatlichen Terroristen.
Du kriegst einen Titel und ein Zertifikat,
dann bist du ein Starker und fort mit den Schwachen!
Und außerdem sagst du: Was soll ich denn machen,
ich kann doch nicht leben ohne den Staat.

So lebst du mit dem Staat. Das ist bequemer.
Du lernst die Hymne und den Badenweiler Marsch,
du wirst Beamter, Arbeitgeber, Arbeitnehmer,
gehst in Pension und denkst: Ach, leckt mich doch am Arsch!

Ja, wir sind alle, alle, alle Terroristen.
Wir nennen's nur anders. Das ist es ja grad.
Doch wir sind Terroristen gegen das Leben,
gegen das Träumen, Lavieren und Schweben,
gegen die Dichter und gegen die Narren,
gegen die Sänger und ihre Gitarren,
gegen den Sex, gegen alles und nichts,
aber etwas gibt's immer, weil sonst wird es fad,
nur gegen eins nicht: gegen den Staat.

Wo kommt das Weinen her

Wo kommt nur das grässliche Weinen her
zu Hause und auch im Büro?
Ganz plötzlich und grundlos weint irgendwer,
doch sieht man ihn nirgendwo.

Ich sitze mit einigen Herren
zum Beispiel bei einem Glas Bier,
da hör ich ein Schluchzen, ein Plärren.
Ich schau – aber niemand ist hier.

Im Zimmer daneben weint auch kein Mensch.
Und die Straße ist vollkommen leer.
Na, ich trink meinen Liter
und frag mich dann bitter:
Wo kam dieses Weinen her?

Zahl ich den Arbeitern Löhne,
hör ich es weinen im Eck.
Manches Mal fällt eine Träne
mir in die Hand, auf den Scheck.

Wenn ich die Bank nur betrete
und dort um irgendwas bitt,
weint es aus jeder Tapete,
so als ob ich etwas täte.
Ich bin doch nur der Herr Schmidt.
Ich mach meinen Profit –
vielleicht mehr als der Schnitt.

Wo kommt nur das scheußliche Weinen her,
mal leise, mal laut und auch stumm?
Wenn's wenigstens manchmal ich selber wär,
dann wüsste ein Arzt, warum.

Doch es kann außer mir niemand hören
und das macht die Sache verzwickt.
Denn würd ich's den anderen erklären,
dann hielten sie mich für verrückt.

Die schönsten Geschäfte bereiten mir
fast keine Befriedigung mehr,
denn bei Nacht und bei Tage
verfolgt mich die Frage:
Wo kommt dieses Weinen her?

Wo kommt das verbissene Weinen her?
Es weint jetzt, egal, was ich tu.
Ich glaub, wenn ich mich für bankrott erklär,
auch dann lässt's mich nicht in Ruh.

Wie gut, dass ich's allen verhehlte!
Und auch meiner Frau sag ich's nie,
denn wenn ich es der noch erzählte,
dann weinte womöglich auch sie.

Ich hab, was ich hab, und ich bleib dabei.
Ich bin ja auch schließlich noch wer.
Ich pfeif auf den Kleister.
Es gibt keine Geister.
Doch wo kommt das Weinen her?

Ich zahl doch Gehälter.
Vielleicht werd ich älter.
Wo kommt nur das Weinen her?

Schöner wohnen

Es geht mir gut, danke gut, es geht mir fabelhaft!
Ich hab mein G'schäft, danke gut, ja, ja, ich hab's geschafft.
Der Umsatz steigert sich,
die Gattin weigert sich,
wie's halt so geht – aber nobel, elegant!
Ich wohn in Wien, ja, ja, in Wien, ja, wo denn sunst?
Ich hab ein Haus da, das ist kein Haus, das ist eine Kunst –
nicht nur in Wien, in der Wachau,
auch eine Villa in Vöslau,
ein klein's Quartier für allerhand –
no, für was denn? Das ist ka Schand.
Doch leider kann man sich ja heut auf nix verlossen.
Drum hab ich mich zu etwas anderem entschlossen.

Schaun S', meine Häuser sind der Gipfel der Ästhetik.
Ich bin als Schöngeist – auch als Angeber – verschrien.
Doch jetzt werden alle Leute schauen,
denn ich bin grad dabei zu bauen
den elegantesten Atombombenbunker in Wien.

Wenn man hineinkommt, ist das Vorzimmer ganz in hellblau.
Und im Salon da brennt ein offener Kamin.
Die Luft ist voller Aerosol.
Sie treten ein und fühlen sich wohl
im elegantesten Atombombenbunker in Wien.

Die Atmosphäre ist gelockert, doch gediegen,
das Badezimmer rot-weiß-rot illuminiert.
Und sollte unsere Seite ausnahmsweise siegen,
dann ist die Sauna zwanzig Jahre garantiert.

Der Kunststoffboden hat ein fröhlich-buntes Muster.
Er ist aus Onyx, leicht getönt mit zartem Grün.
Und alles vollklimatisiert,
die Möbel scotchguard-imprägniert
im elegantesten Atombombenbunker in Wien.

Und hinten drin, gleich neben der Hausbar, ist ein Garten.
Natürlich künstlich, weil sonst strahlt ja was hinein.
Dort müssen S' auf den Gumpoldskirchner nicht lang warten.
Und von dem Tonband kommt: Wien, Wien, nur du allein.

Es gibt HiFi, TV, Pingpong und Psychiater.
Der sorgt für Untergrunds- und andere Hysterien.
Für mich ist Krieg nicht nur ein Fluch.
Ich freu mich sehr auf Ihren Besuch
im elegantesten Atombombenbunker in Wien.
Es könnt ja sein, Sie wissen plötzlich nicht, wohin.

Mit dem Rücken gegen die Wand

Wer hat nicht schon vom schönen Land,
vom Einfamiliennordseestrand,
wer hat nicht schon, aber will noch wer?
Na eben!
Wer hat nicht schon, aber gibt nicht auf?
Die Träne quillt im Dauerlauf.
Bad Tölz bleibt doch Bad Tölz!
Es fragt sich: Wem geföllt's?
Da kann man sich als Deutscher nur entschließen,
die chronische Bronchitis zu genießen.
Mit dem Rücken gegen die Wand
kommt man durchs verlorene Land.
Manchmal sieht man ein paar Kälber,
bis man merkt: Das ist man selber!
Und man greift sich an die Stirn,
denn die Landschaft scheint aus Zwirn
und die Politiker tragen Zylinder überm Hirn.

Mit dem Rücken gegen die Wand
verliert man fachgerecht den Verstand.
Die Gedanken werden kahler,
doch das Volk will's noch totaler.
Und das Lexikon ist dünn,
denn es steht schon nichts mehr drin.
Und die Warner und die Spinner,
die sind alle noch viel dünner,
nur der SPIEGEL und die QUICK,
die sind dick.

Und man hascht, bis man heiser wird.
Und man schreit, bis man leiser wird.
Tante bringt Kaffee und Kuchen
mit Sorbin und Sorban
und Urin und Uran.

Mit dem Rücken gegen die Wand
legt man heimlich einen Brand,
doch die Menschen sind aus feuerfestem Scheibenkleister,
sie trinken Jägermeister
und Wacholderbrand
und haben alle ihren Rücken gegen die Wand.

Der Stammtisch steht beim Weihnachtsbaum.
Das Wetter ist voll Seifenschaum.
Wer hat noch nicht, aber will noch wer?
Na eben!
Der Frieden ist zum Warten da.
Die Luft bleibt an der Adria.
Die Türken müssen weg.
Der Mörder wohnt ums Eck.
Da kann man sich's als Deutscher nicht verhehlen,
die Todesstrafe herzlichst zu empfehlen.

Mit dem Rücken gegen die Wand
nimmt der Nebel überhand,
das Gelogene wird noch schlimmer
und die Juden gibt's noch immer
und die Physiker prophezeien,
doch die Generale sagen Nein
und der Hitler steigt in Filmgeschäfte ein.

Mit dem Rücken gegen die Wand
reicht man anderen schnell die Hand,
doch in Schulen und Kasernen
muss man's Leben erst verlernen.
Die Hygiene wird verbessert.
Die Tränen werden entwässert.
Die Bedrücker und Beglücker
werden alle Tage dicker,
nur die Frager nach dem Sinn
bleiben dünn.

Und man glaubt an das,
wofür geworben wird.
Und man kämpft für was,
bis man gestorben wird.
Nächsten Sommer geht's nach Elba
mit Gemahl und Gehalt
und Gepäck und Gewalt.

Mit dem Rücken gegen die Wand
kam auch dieses Lied zustand,
damit die Leute, die es hören, ein bisschen weinen können
und dann meinen können,
es wäre hirnverbrannt,
denn alle, alle, alle, alle,
alle, alle, alle, alle,
alle haben den Rücken gegen die Wand.

Weg zur Arbeit

Jeden Morgen gehe ich
circa acht Minuten lang,
außer wenn ich krank bin,
von meiner Wohnung in meine Kanzlei.
Das ist schon seit Jahren so.
Ich bin nicht der Einzige.
Für die meisten Leute geht
das Leben so vorbei.

Ich grüße freundlich
die Verkäuferin meiner Zeitung.
Sie hat es schwer heut
seit jenem grausigen Prozess.
Ihr Mann ist eingesperrt
wegen so mancher Überschreitung.
Sie wurde freigesprochen,
denn sie war nicht in der SS –
obwohl sie wusste, was da vorging.

Und ich grüße ebenso
den Friseurgehilfen Navratil,
der auch bei der SS war –
oder war es die SA?
Einmal hat er angedeutet,
während er mir die Haare schnitt,
was damals in Dachau
mit dem Rosenblatt geschah.

Er war erst zwanzig.
Zwölf Jahre jünger als der Rosenblatt.
Jetzt ist er fünfzig
und ein sehr brauchbarer Friseur.
»Grüß Gott, Herr Hauptmann!«
Der heißt nur Hauptmann, er war Oberst
und hat in Frankreich einige zu Tode expediert.
Er ist noch immer Spediteur –
es hat sich nichts geändert.

Drüben macht Herr Hammerschlag
seinen Bücherladen auf.
Ich seh ihn noch heut vor mir:
Er ist damals so gerannt
und hat direkt vor seinem Buchgeschäft
einen Scheiterhaufen aufgestellt
und hat darauf Thomas Mann
und Lion Feuchtwanger verbrannt

und Erich Kästner
und den Kafka und den Heine
und – viele andere,
die jetzt sein Schaufenster verzieren.
Und er verkauft sie
mit einem Lächeln an der Leine.
Tja, er muss leben
und seine Kinder wollen studieren –
er hat ja selbst den Doktor.

»Verehrung, Herr Professor –
wie geht's der Frau Gemahlin?
Danke – Sie schaun blendend aus –
wie bleiben Sie so jung?«
Das war Professor Töpfer,
seinerzeit Völkischer Beobachter,
Anthropologie und Rassenkunde.
Jetzt ist er beim Funk.

»Grüß Gott, Herr Neumann!«
Der ist nichts, der ist erst dreißig.
Was war sein Vater?
Na, er war jedenfalls Soldat.
»Habe die Ehre, Herr Direktor!«
Der ist gute fünfundsechzig,
also muss er was gewesen sein.
Heute ist er Demokrat –
das sind wir schließlich alle.

Drüben ist der Eichelberger,
Gummibänder, Hosenträger.
Das hieß früher Blau und Söhne,
Herrentrikotage.
Nebenan war das Café Winkelmann.
Der Winkelmann ist noch zurückgekommen.
Dann ist er wieder weggefahren.
Jetzt ist dort eine Garage.

Da kommt die Schule.
Da bin ich selber hingegangen.
Mein Deutschprofessor
bezieht noch immer dort Gehalt.
Der schrie: »Heil Hitler!« –
das wird er heute nicht mehr schreien.
Was nur die Kinder bei dem lernen?
Vielleicht vergessen sie es bald.
Ich kann es nicht vergessen.

So – jetzt bin ich endlich
in meine Kanzlei gekommen,
setz mich an den Schreibtisch
und öffne einen Brief.
Doch bevor ich lesen kann,
muss ich erst die Richtung ändern,
blicke rasch zum Himmel auf
und atme dreimal tief.

Der Kämpfer

Ich kannte ihn, da war er noch ein Kämpfer
mit Idealen und schlank.
Er sagte, dass er einiges nicht wisse
und dass er seine Zukunft nicht vermisse
und dass die ganze Welt von innen stank;
und spuckte aus vor jeder Bank.

Er öffnete die Augen und war tapfer.
Es war ihm peinlich zu ruhn.
Er hatte keine Freunde, nur Genossen.
Er hätte gern den Kiesinger erschossen
und wollte es auch immer wieder tun.
Er tat es nicht. Das weiß man nun.

Er ließ die Leute stehn,
doch keinen ließ er gehn.
Er kannte sich mit Handgranaten aus.
Er hasste Polizei,
hielt sich von Ehrgeiz frei
und wusste die Vergangenheit voraus.

Ich kannte ihn, da war er noch ein Kämpfer,
und sah ihn gestern beim Tee.
Er sprach mit ein paar Herren von der Hausse
und hielt die Sekretärin an der Flosse.
Und plötzlich sah er mich aus ferner Höh'.
Er rief: Hallo! Und ich: Adieu!

Die kleinen Männer mit der riesengroßen Macht

Die kleinen Männer mit der riesengroßen Macht
waren am Gymnasium
und haben Krawatten um.
Sie haben auch Fakten und Familien oder Sachzwänge
zur Hand
und wollen das Beste fürs abstrakte Vaterland.

Die kleinen Männer mit der riesengroßen Macht
haben sehr viel Ambition.
Nur wir haben nichts davon.
Sie sind frisiert und jovial und auf Diät und fotogen
und wollen andere Menschen immer übersehen.

Sie wachen auf und sind bereit,
haben auch beim Schlafen keine Zeit
und auch Musik ist Zeitverschwendung mit Gesang.
Sie denken nie an einen Traum,
an ein Gedicht, an einen Baum.
Sie lachen höchstens zwei bis drei Sekunden lang.

Die kleinen Männer mit der riesengroßen Macht
sind schon seit Jahr und Tag
ein eigener Menschenschlag.
Selbst ihre Fehler sind die falschen, ihre Tugenden fatal,
nur ihre Spießigkeit ist absolut normal.

Sie haben Frauen, die sind noch schlimmer.
Die haben vor Stolz gar kein Gesicht.
Worauf sie stolz sind, weiß man nicht.
Und ihre Kinder sind verschreckt und auf der Flucht und
ganz absurd.
Die kriegen Hämorrhoiden kurz nach der Geburt.

Sie haben Freundinnen, die sind am schlimmsten.
Die sind für Einfluss und für Geld
als Sekretärin angestellt,
sind da und dort und überall und geben den Dingen
ihren Lauf
und lächeln bös und reden drein und passen auf.

Ein kleiner Mann hat mich gefragt: Was soll ich machen?
Die Macht war nah, ich sagte Ja
und hatte Glück. Jetzt steh ich da
mit Militär und Polizei.
Und dass ich klein bin, ist vorbei.
Ich trinke Sekt
und wenn er schmeckt,
bin ich gedeckt.
Als kleiner Mann hab ich bei Gott nicht viel zu lachen.
Ich schlucke viel. Ich schlucke Dreck
und ganze Aktenberge weg.
Doch was ich tu, tu ich für dich.
Ich lass mein Volk doch nicht im Stich.
Das wäre unverantwortlich.
Ich opfere mich.

Die kleinen Männer mit der riesengroßen Macht
denken an Mut und Pflicht,
nur an den Rücktritt nicht.
Man selbst sitzt immer in der Scheiße.
Aber kaum kämpft man sich raus,
steht irgendwo ein kleiner Mann und lacht dich aus.

Die kleinen Männer haben uns nicht sehr weit gebracht.
Man hört zwar viel Geschrei,
aber es bleibt dabei.
Ich kann nur bitten: Liebe Leute, nehmt euch unbedingt
in Acht
vor kleinen Männern mit riesengroßer Macht.

WAS TUT MAN, UM ZU SEIN?

Von Beruf

Mit ein bisschen Angst von Beruf wuchs ich auf.
Meine Kindheit nahm von Beruf ihren Lauf.
Ich hatte fürn Beruf von Beruf kein Talent,
wurde dann im Amt von Beruf Referent.
Füge mich im Amt von Beruf recht gut ein,
krieche meinem Chef von Beruf hinten rein,
fühl mich abends müd von Beruf, müd und leer,
denn ich mache nichts von Beruf, das ist schwer.

Aber Mensch bin ich auch,
drum will ich auch lustig sein,
will mich meines Lebens freun,
mit den Weibern dreckig sein.
Ob es Schnaps oder Bier,
Wein oder Sekt, ich bin so frei,
sonst ist das Leben vorbei.

Ich verachte jede Frau von Beruf, wenn ich kann,
wurde trotzdem eines Tags von Beruf Ehemann.
Vater bin ich auch von Beruf, unverhofft.
Schlage dieses Kind von Beruf gern und oft.
Werde mit der Zeit von Beruf etwas grau.
Schlag nicht nur das Kind von Beruf, auch die Frau.
Sommer sind wir drei von Beruf an der See.
Fahr jetzt einen Ford von Beruf, statt VW.

Aber Mensch bin ich auch,
drum will ich auch lustig sein,
will mich meines Lebens freun,

mit den Weibern dreckig sein.
Ob es Schnaps oder Bier,
Wein oder Sekt, ich bin so frei,
sonst ist das Leben vorbei.

Doch die Zeit vergeht von Beruf, wie's halt ist,
darum bin ich jetzt von Beruf Pensionist,
grab den Garten um von Beruf, nur aus Trotz,
seh auch sehr viel fern von Beruf, leider Gotts.
Sitz auch viel im Park von Beruf, wie verdammt.
Sitze dort genau von Beruf wie im Amt.
Hole manchmal Bier von Beruf oder Brot.
Warte jeden Tag von Beruf auf den Tod.

Aber jetzt will ich erst recht,
will ich jetzt lustig sein,
will mich meines Lebens freun,
mit den Weibern dreckig sein.
Ob es Schnaps oder Bier,
Wein oder Sekt, ich bin so frei,
sonst ist das Leben vorbei.

Denn das Leben vergeht,
alles vergeht irgendwie,
alle anderen Leute vergehen,
mir tut's gar nicht leid um sie.
So wie's früher war, wird's nicht mehr,
da nützt kein Geschrei.
Das war ein Leben!
Doch heut' ist das Leben
vergangen, vergessen, vorbei.

Beobachtung

Der Chef gab mir vertraulich die Adresse.
Ich solle mich gleich an die Arbeit machen,
es sei des Staates höchstes Interesse,
den Mann dort Tag und Nacht zu überwachen.

Ich folgte diesem Mann auf allen Wegen.
Ich stand vier Nächte lang vor seinem Haus,
verlor ihn auch beim Pimpern
nicht einmal aus den Wimpern
und fand dabei was Seltsames heraus:

Er beobachtet mich
ganz genau wie ich ihn.
Wo ich bin, ist auch er.
Geh ich grad, steht er quer
und blickt wachsam zu mir hin.
Erst verfolge ich ihn
und dann geh ich ein Stück voran,
bis man zwischen uns keinen Unterschied merken kann.

Ein Wissenschaftler, dem ich dieses sagte,
erzählte mir darauf bei ein paar Bieren:
Der Virus, den ich kürzlich erst erjagte,
benimmt sich auch nicht so wie andere Viren.

Ich hab ihn unter meinem Mikroskope
mit Müh und Sorgfalt endlich isoliert
und hab, zu meinem Schrecken,
statt Neues zu entdecken,
bei diesem Virus deutlich konstatiert,

er beobachtet mich
ganz genau wie ich ihn.
Schau ich durch, schaut er fort,
schau ich fort, ist er dort
und blickt wachsam zu mir hin.

Er ist sehr interessant,
aber was fang ich mit ihm an,
wenn man zwischen uns keinen Unterschied merken kann?

Ich glaub, wo immer Menschen sich bewegen,
entdecken wir die gleichen Komponenten,
bei Liebessachen oder bei Kollegen,
bei Mitarbeitern wie bei Konkurrenten.

Wir halten uns für praktisch und vernünftig,
für ehrlich und vor allem objektiv.
Doch weil ja etwas schief ist,
wenn jeder objektiv ist,
bleibt zuverlässlich jeder aggressiv.

Sie beobachten mich
ganz genau wie ich Sie.
Und Sie denken sich still:
Er singt nicht, was ich will,
und zur falschen Melodie.

Alle Schuldigen schauen
alle Unschuldigen an,
bis man zwischen beiden keinen Unterschied merken kann.

Was tut man, um zu sein?

Was tut man, um zu sein?
Man stellt dem Fuchs ein Bein.
Und hast du ihm das Bein gestellt,
dann zahlt er dir noch Schmerzensgeld
und hasst dich obendrein.
Das tut man, um zu sein.

Was tut man, um zu sein?
Man sperrt die Leute ein
und schlachtet ihre Kinderlein
und lässt sie tief ergriffen sein.
Dann werden sie ganz klein.
Das tut man, um zu sein.

Wo die Kuh auf die Alm geht,
dort wächst Gras vor dem Haus.
Wo in ein Ohr ein Psalm geht,
geht er durch das andere auf keinen Fall hinaus.
Wenn die Bluthunde schweigen,
bellen die Schoßhunde mehr.
Lass dir Friedhöfe zeigen,
dann bekommst du wieder Lust auf Autobusverkehr.

Was tut man, um zu sein?
Man lässt sich nicht befrei'n.
Man schuftet noch entschiedener
und wird immer zufriedener
und lässt den Chef gedeih'n.
Das tut man, um zu sein.

Was tut man, um zu sein?
Man schaltet's Fernsehen ein
und setzt sich in den Sorgensitz
und sorgt sich über Fernsehwitz
und lässt das Fernsehen schrei'n.
Das tut man, um zu sein.

Ist das Leben ein Schlauch,
füll dir mit Coca-Cola den Bauch!
Wodka tut's auch.
Wo im Mai schon der Schnee fällt,
fahren die Eskimos Ski.
Ein vierblättriges Kleefeld
garantiert den Treffer in der nächsten Lotterie.

Bayern, Hessen, Schleswig-Holstein,
Bockwurst, Bier und Brüder Grimm,
Mandelbaum und Kohn und Goldstein
schlummern tief in Oswiecim.

Das tut man, um zu sein:
Man sagt den andern Nein.
Und kämpfen sie, dann lässt man sie.
Und siegen sie, erpresst man sie.
Dann sagt man wieder Nein.
Das tut man, um zu sein.

Oder Nichtsein, das ist hier die Frag'.
Träumen darf man auch, aber nicht bei Tag.
Denn immer höher, immer höher, immer höher,
immer höher, immer höher, immer höher …

Wir haben längst das Abitur gemacht!
Das tut man, um zu sein!
Das tut man, um zu sein!
Denn haste was, dann biste was,
und biste was, vergisste was,
vergisste was, dann denkste nix,
und denkste nix, dann drängste nix,
und drängste nix, erfasste nix,
erfasste nix, dann haste nix,
und haste nix, dann biste nix,
das leuchtet jedem ein.
Das tut man um, das tut man um,
das tut man, um zu sein.

Der Staatsbeamte

Staatsbeamter möchte jeder gerne sein.
Staatsbeamter – schon der Titel schüchtert ein.
Staatsbeamter bin auch ich als Resultat,
denn wozu brauch ich sonst einen Staat?
Staatsbeamte müssen heut nicht mehr studieren,
Staatsbeamte müssen sich spezialisieren.
Und auch ich merkte schnell, dass es so besser geht,
und nahm mir eine Spezialität:

Ich versteh nichts von Jus und Latein,
Mathematik – die lass ich lieber sein,
doch ich krieche sehr gut und auch gern, marsch,
marsch, marsch,
in den Arsch, in den Arsch, in den Arsch.

Ein Minister wird sehr leicht nervös,
aber bei mir bleibt keiner lange bös,
denn ich blick ihm ins Aug und merk gleich, der ist barsch,
und steck schon tief im Arsch, tief im Arsch.

Am Anfang fiel mir ja das Kriechen etwas schwer.
Jetzt schaff ich sieben Arsch pro Tag
und Montag vierzehn oder mehr.

Ja, man braucht schon ein bisschen Routine,
um so wie ich von Arsch zu Arsch zu ziehn.
Doch es war mir am Anfang meiner Laufbahn gleich klar,
dass ich Innenpolitiker war.

Die heutige Jugend hat für meine Arbeit wenig Sinn.
Die blicken einen Arsch an und studieren gleich Medizin,
beschäftigen sich mit Protokoll, mit Weißbuch,
mit Demarche,
und streben gleich nach dem Kanzler –
oder sonst einem hohen Arsch.

Doch es gibt ja nicht nur Ärsche hier im Ministerium,
auch in Betrieben und Gewerkschaften stehn Hunderte
herum.
Ich lieb die Politiker. Warum, weiß jedes Kind:
Weil die auf jeden Fall die größten Arschlöcher sind.

Und dadurch mach ich jetzt auch Karrier',
denn auch im Ausland schätzt man mich schon sehr.
Und ich krieche auch gern einem fremden Monarch
in den Arsch, in den Arsch, in den Arsch.

Nehmen auch Sie meinen wohlgemeinten Rat:
Wenn Sie Ihr Chef stört, schreiten Sie zur Tat!
Kriechen Sie ihm zum Klang von einem schmissigen
deutschen Marsch
in den Arsch, in den Arsch, in den Arsch!

Schüttelreime

Das verwundete Mädchen
Wenn er sie nicht beim Schmusen bisse,
dann hätt sie nicht am Busen Schmisse.

Der Bisexuelle
Er verwechselt sehr häufig den Penis mit Scheiden
und denkt sich im Stillen: Scheen is's mit beiden.

Das vornehme Restaurant
Hier stinkt es nie am Damenklo,
denn es sind stets Zyklamen do.

Diät
Ich hätt eine fromme Bitt:
Gebt mir keine Pomme fritt!

Das Alte Testament
Du bist ein großer Sünder, Kain.
Wie werden erst deine Kinder sein!

Aus Rhein und Ruhr
Wenn ich nach Leverkusen muss,
erwart ich keinen Musenkuss.

Aus Bayern
Der Schrank, in den ich Hosen räum,
steht sicher nie in Rosenheim.

Aus Berlin
Ein Reicher hat gerne zehn Mille gezahlt,
um die Armut zu sehen, die Zille gemalt.

Aus Hamburg
Immer nur dasselbe Ich
spiegelt in der Elbe sich.

Abendbummel
Ich sah einmal die keusche Matz
mit ein' gewissen Mojsche Katz.

Filmkritik
Heut kann man nur Buster Keaton
einem Kritikaster bieten.

Im Familienbad
Man hört im Wasser keinen furzen –
nur hie und da die feinen, kurzen …

Der Virtuose
Sehr schwer ist's, mit dem Schwanz zu geigen.
Von einem Cello ganz zu schweigen.

Der Millionär
Gib einem Mädchen den schmutzigsten Pelz,
und sie kriegt in den Augen den putzigsten Schmelz.

Nach der Oper
Man sieht ins Stammlokal die Sänger laufen,
damit sie schnell dort sind und länger saufen.

Die Prinzessin
Sie hat zwar viele Anrainer,
doch wer kommt letztlich ran? Einer.

Martin Buber
Er wurde als echter Wiener geborn
und ist erst später Rabbiner geworn.

Im Maxim
Man offeriert den Damen Sekt,
bevor man sie mit Samen deckt.

An den Angler
Treib mit keiner Nixe Scherz!
Bald verlangt die Schickse Nerz.

Das Tigerfest

Ich geb ein Tigerfest zu Haus in meinem Garten.
Ich lad euch alle dazu herzlichst ein.
Die Alten sollen warten,
die Jugend soll kommen,
nicht gleich die Verliebten,
erst nehm ich die Frommen.
Da gibt es Zuckerbrot und Wein
und ganz spezielle Leckerei'n.
Ihr werdet alle sehr zufrieden sein.

Und bei dem Tigerfest zu Haus in meinem Garten,
da gibt's Musik und Tanz und Liebelei.
Es muss nicht entarten,
wir sind nicht in Eile.
Ich kriege schon Schwung 'rein,
wenn ich euch verteile.
Es kommt ein jeder an die Reih'
mit Allerliebst und Allerlei.
Ihr fühlt euch sicher alle wohl dabei.

Dann kommen die Tiger aus ihrem Versteck.
Da werdet ihr schreien. Ein paar laufen weg,
doch ließ ich schon lange alle Tore versperr'n,
denn die Tiger haben Hunger, und sie fressen gern.

Sie werden euch verspeisen. Zuerst alle Frauen,
danach alle Weisen und danach alle Schlauen.
Als Letztes die Dummen. Da hilft keine List –
so lang bis keiner von euch übrig ist.

Ein paar Stunden später, da sitz ich allein
auf meiner Terrasse und trinke den Wein
und esse die Reste und räkle mich müd
und sing mir selber noch das kleine Lied:

Ich gab ein Tigerfest zu Haus in meinem Garten,
ein recht geselliges Beisammensein.
Erst ließ ich es starten,
dann kamen die Tiger,
die Menschen waren wehrlos,
die Tiger blieben Sieger.
Ja, solche Feste find ich fein.
Und sie gelingen allgemein.
Ich lad euch alle, alle herzlichst ein.

Wir sind nur Menschen

Sagen Sie mal einem Lehrer, dass er Stuss erzählt!
Er wird sagen, er erzählt nur, was er muss,
und wird hinzufügen, dass er nicht nur, was er muss, erzählt,
er erzählt auch, was er will, und damit Schluss!
Was er will, was er soll, was er darf, was er kann,
was er weiß, dass ihm nicht übel ausgelegt wird,
denn sein Chef ist der Staat und es kommt darauf an,
dass die Jugend systemtreu geprägt wird.
Folglich wird nicht widersprochen und beim Schreiben
nicht gekleckst
und der Pfeffer wächst und wächst und wächst und wächst.

Aber überall im Land fängt man auch nachzudenken an
und man fragt, wohin das alles denn hinausläuft.
Jeder merkt, dass doch das Leben nicht nur daraus
bestehen kann,
dass man hin und her, zur Arbeit und nach Haus läuft.
Und die Jugend fragt so unbequeme Fragen.
Und als Alter muss man letzten Endes sagen:

Wir sind nur Menschen, gewöhnliche Menschen.
Wer weiß, wann wir uns wiedersehen!
Sinnloserweise auf Reise im Kreise,
zu spät, kurz vorm Verlorengehen,
aber stolz, voll Gewissensnot und Zärtlichkeit,
immer einen Kuss im Handgepäck,
und das Heimweh ist groß.
Schrei los, ganz los, weit los!

Nichts zu erreichen, zu dumm zu entweichen –
wer weiß, wann wir uns wiedersehen!
Alles fremd, alles zu,
wo ich nicht bin, bist du.

Sagen Sie mal einem Kanzler, dass er Quatsch erzählt!
Er wird sagen, er erzählt nur, was er glaubt,
und wird hinzufügen, dass er trotzdem nicht nur
Tratsch erzählt,
er erzählt auch, was er will, und überhaupt
was er soll, was er darf – er erwähnt seine Pflicht,
seine Sachzwänge und andere Momente,
und wird sagen, nicht nur er, auch seine Freunde
glauben nicht,
dass die andere Partei es besser könnte.
Denn jeder Kanzler will das Beste, nur die Welt
ist wie verhext.
Und der Pfeffer wächst und wächst und wächst und wächst.

Aber grade hier in Deutschland, in der Mitte des Gefechts,
gibt's die klügsten und bedeutungsvollsten Kritiker,
die uns sagen: Wer braucht den Staat, weder links,
schon eher rechts?
Patriotisch sind heut nur noch die Politiker.
Aber ohne Staat wär's Leben gar nicht möglich
und so sagen uns die Klügsten beinah täglich kläglich:

Wir sind nur Menschen, gestrandete Menschen,
die nie einander wiedersahn.
Liebe und Demut und Sehnsucht und Wehmut,
vielleicht sind die nur Größenwahn.

Ist es wahr, dass die Wahrheit nur erfunden ist?
Dann sind wir allein und hoffnungslos.
Doch das Heimweh bleibt da,
sehr nah, ganz nah, tief nah.
Das ist das Schwere: das Schmiegen ins Leere.
Wer weiß, wann wir uns wiedersehen!
Sag, du willst! Sag vielleicht!
Hör mich atmen, das reicht.

Professor Doktor med.

Professor Doktor med.,
das klingt doch ziemlich blöd.
Wenn einer schon ein Doktor ist,
wozu die lange Red'?

Professor Doktor phil.?
Ich weiß nicht, was er will.
Vielleicht hat er zu viel gelernt
und hält jetzt nicht mehr still.

Ich nehme an, die Leute brauchen irgendeinen Halt.
Dann sind sie, wie im Auto, auf den Titel angeschnallt.
Sie wissen nicht wohin und wissen nicht woher
und heißen statt Herr Kutschera Herr Tiefbauingenieur.

Hat einer viel Talent
und heißt Herr Präsident,
dann muss man möglichst stolz sein,
dass man diesen Menschen kennt.

Ein Arzt ist nur ein Mann,
der Herr Chefarzt werden kann.
Dann hat er die Frau Oberschwester
immer hinten dran.

Man merkt auch an den Orden, wer die Leute wirklich sind:
Wenn einer ein Verdienstkreuz hat, dann hat er viel verdient.
Und weiß er nicht wofür und weiß er nicht worauf,
dann steckt er das Verdienstkreuz an und hört zu denken auf.

Heißt einer Herr Major,
und das kommt manchmal vor,
dann kann man darauf schwören,
was ihm fehlt, das ist Humor.

Heißt einer Inspekteur,
dann braucht er sonst nichts mehr.
Und wer ihn nicht so nennt,
hat kein Benimm und ist vulgär.

Doch manchmal ist ein Titel auch ein wirklicher Genuss,
weil man sich dann den Namen dieses Herrn nicht
merken muss.
Man nennt ihn Herr Dozent, Herr Bundeskonsulent,
und er hält das sogar für ein besonderes Kompliment,
sodass man fast schon traurig wird, trotz diesem Happy End.

Die Nonne

Ich zählte sechzehn Jahre,
als ich ins Kloster kam.
Dort schor man meine Haare
und sehr bald war ich zahm.
Ich hab seit jenem Tage
im Kloster mein Asyl
und nun stellst du die Frage,
wie ich mich heute fühl.

Ich kann mich heute doch nicht fühlen so wie gestern
und kein normaler Mensch erwartet das von mir.
Denn gestern war ich eine Schwester unter Schwestern,
heute war ich mit dir.

Ich kann mich heute auch nicht fühlen so wie morgen,
weil es mir dazu an Erfahrung noch gebricht.
Ich werde morgen so wie stets für meine Seele sorgen,
heute brauch ich sie nicht.

Zwar ist die Liebe
mit dir bestimmt nicht was besonders Religiöses,
doch auch nichts Böses.
Und das Geschiebe
und das Getue in der Mitte des Gekröses
ist etwas Deliziöses.

Wenn ich zu dir aus meiner Klosterzelle laufe,
weiß ich vor Frömmigkeit bestimmt nicht, was ich tu.
Ich komme sozusagen von der Taufe in die Traufe.
Schuld daran bist –

Du, mein Herr Jesus, sieh mich nicht so an!
Du hast's doch sicher auch getan.
Ich will zu dir beten im schönsten Latein,
aber muss ich deswegen eine Jungfrau sein?
Wenn du mich gekannt hättest dort in Nazareth,
wer weiß, ob ich dein Leben nicht verändert hätt.
Du hättest den Rabbinern gegönnt ihre Gewalt
und hättest dich stattdessen vielleicht in mich verknallt.
Du hättest dann den Römern nicht so trotzig widerstrebt
und wir hätten zusammen noch so manches Jahr gelebt.
Doch leider kam es anders. Es ist, weiß Gott, zum Weinen.
Du hattest zwölf Apostel und mir gönnt man nicht einen.

Es gibt Kolleginnen von mir, die denken anders,
doch meistens nur, weil ihnen sonst nichts übrig blieb.
Und wenn sie tugendhaft sind, ist es nur der Not
gehorchend,
nicht dem inneren Trieb.

Genau das Gleiche merk ich auch an unserem Pfarrer,
wenn er gelegentlich von Tugend zu mir spricht.
Er spräche sicherlich viel lieber von ganz anderen Dingen,
aber er traut sich nicht.

Und wenn ich beichte, merk ich,
mein Beichtvater ist auch kein Kostverächter.
Wie gerne möcht er!
Und nur der Bischof sieht nicht, welche Vorteile ich habe.
Nun ja, ich bin kein Knabe.

Man soll uns Nonnen drum die Liebe nicht verbieten.
Wir sind bereit dazu und stellen unseren Mann.
Man findet grade bei den Nonnen wenig Nieten,
das wussten schon die Päpste und die Jesuiten.
Rette sich, wer kann!
Ruf mich morgen in der Zelle an!

Regale

Ich hätt gern einen Onkel Fritz
oder eine Tante mit Mutterwitz.
Was hab ich stattdessen? Regale!
Ich hätt gern zwei Kakadus
oder einen Baum mit Pampelmus.
Pampelmusen wachsen auf Regalen.

Regale rechts, Regale links,
Regale, wo ich schau,
mit Eitelkeit und Butterbrot,
mit Sehnsucht und Kakao.

Braucht man ein Fregattenschiff,
hat man es mit einem Griff.
Und das hält man leider fürs Normale.
Die Schusterjungen schlafen, der Sonnenschein wird knapp,
das ganze Leben spielt sich auf Regalen ab.

Ich kenn eine schöne Dame.
Sie wohnt im Nebenhaus.
Klothilde ist ihr Name.
Und genauso sieht sie aus.

Ich musste nicht lange reden
von Liebeslust mit ihr.
Sie tut es nicht mit jedem,

aber ausnahmsweise mit mir.
Sie wohnte nebenan und das war schön.
Doch was, glauben Sie, hab ich bei ihr gesehen?

Sah ich einen Blumenstrauß?
Oder war ihr Mann zu Haus?
Nichts von alledem, sie hat Regale.
Bücherwand, Blumenwand,
Liebespfand, Nachtgewand,
Tonband, Stimmband, alles sind Regale.

Ihr Whisky und ihr Radio,
ihr Lächeln und ihr Licht,
ihr Weltbild und ihr Sternbild
und ihr Arsch und ihr Gesicht.

Schließlich ist mit lautem Knallen
ein Regal auf mich gefallen,
darauf stand ein Bild vom Herrn Gemahle.
Das war vor ein paar Jahren, jetzt wohn ich nicht mehr hier.
Doch sicher steh auch ich auf dem Regal bei ihr.

Braucht unser Bundeskanzler ganz schnell einen General,
dann findet er den passenden auf dem passenden Regal.
Braucht dieser General dann Soldaten ohne Zahl,
dann nimmt er die Soldaten vom richtigen Regal.

Es gibt Amerika-Regale, Berlin-Regale,
Nahost-Regale, Anarchisten-Regale,
Atom-Regale, Karl-Marx-Regale,

Kultur-Regale, Jesuschristen-Regale,
Erziehungs-Regale, Heimat-Regale,
Pflicht-Regale, Protest-Regale,
Fernseh-Regale, Sex-Regale,
Ostregale und Westregale,
Regale für Herren, Regale für Damen,
Regale für Trinken und Essen,
Regale für Alt, Regale für Jung
und Regale für schnelles Vergessen,

dann gibt es Regale für andere Regale,
für Asoziale gleich mehrere Male,
für Bilaterale und Horizontale und Diagonale und
Katastrophale –
apropos katastrophal,
es gibt auch ein Regal für Moral.

Wenn ich jemand heutzutag
irgendetwas Nettes sag,
legt er sich das Nette auf Regale.
Sag ich ihm, du Embryo,
du bist dumm wie Bohnenstroh,
lächelt er und legt es auf Regale.

Regale für die Ohrfeigen, die der Staat uns täglich klebt,
Regale für den Untergang, den niemand mehr erlebt,
Regale für den Völkermord
und so geht es immer fort.
Darum, Völker, höret die Signale!

So mancher steht zwar Jahre,
und merkt es nicht einmal,
von der Wiege bis zur Bahre
sehr gern auf dem Regal.

Doch der ihn hingestellt hat,
der ist der wahre Schuft.
Regale sind fürn Supermarkt.
Der Mensch braucht Luft.

Aus meiner Kindheit

Meiner Mutter wurde stets übel, wenn man Tante Ida erwähnte. Tante Ida war mit einem Menschenfresser verheiratet gewesen. Eine Zeit lang war die Ehe gut gegangen, doch eines Tages entdeckte Tante Ida ihren eigenen Namen auf der Speisekarte für Dienstag und flüchtete, denn es war bereits Montag. Aber sie bereute ihre Flucht und ihre Rückkehr nach Deutschland.

»Wäre ich bloß in Afrika geblieben!«, sagte sie oft. »Mein Mann war immer reizend zu mir, und es hätte ihm bestimmt große Freude gemacht, mich zu essen.«

Wie gesagt, meiner Mutter wurde immer übel.

Nun lebte Tante Ida ziemlich zurückgezogen in der Marienstraße, strickte für das Rote Kreuz und nahm von Zeit zu Zeit Waisenkinder mit auf Ausflüge in die Umgebung. Eines Tages nahm sie Beziehungen zu einem fremden Mann auf. Er hieß, wie man bald erfuhr, Delacroix und war ein recht sittsamer älterer Herr, von dem niemand wusste, woher er kam und wovon er lebte. Er sprach mit einem französischen Akzent, war groß und weißhaarig und hinkte ein wenig. Meiner Mutter wurde stets übel, wenn man von ihm sprach. »Er riecht aus dem Mund«, sagte sie, »und er hinkt. Das ist zu viel.« Doch den meisten Leuten fehlte es an Gesprächsstoff, und so sahen sie es gern, dass Tante Ida einen Freund hatte. Denn hätte sie keinen gehabt, hätte man wieder über das Wetter sprechen müssen.

Eines Tages schickte mich mein Vater zu Tante Ida, um ihr zu sagen – sie hatte kein Telefon –, sie möge am kommenden Abend zum Essen kommen. Meine Mutter war nicht zu

Hause, sonst hätte sie nie erlaubt, dass ich allein zu Tante Ida ging. Ich lief also in die Marienstraße und stieg in den vierten Stock, wo Tante Ida wohnte. Sie war allein und strickte. Nachdem sie mich mit Schokolade und Kuchen bewirtet hatte, fragte sie nach dem Grund meines Kommens, und ich sagte ihn ihr.

»Morgen Abend kann ich nicht«, erklärte Tante Ida. »Sage deinem Vater, morgen Abend käme Herr Delacroix zu mir und da könne ich nicht ausgehen.«

»Bring doch Herrn Delacroix mit«, schlug ich vor, denn ich liebte es, wenn wir Besuch hatten.

Tante Ida lachte und meinte: »Nein, mein Lieber, das geht nicht.«

»Meine Mutter sagt, er rieche aus dem Mund«, erzählte ich. Tante Ida war einen Augenblick perplex, doch dann seufzte sie und sagte: »Deine Mutter hat vollkommen recht. Er hat einen schwierigen Magen.«

Dann klingelte es, und Tante Ida wurde bleich.

»Es hat geklingelt«, sagte ich, »vielleicht ist es der Postbote.«

»Vielleicht«, sagte Tante Ida und öffnete.

Es war Herr Delacroix. Als er mich sah, schloss er rasch die Türe hinter sich und nickte mir freundlich zu.

»Das ist mein Neffe«, sagte Tante Ida.

»Soso«, meinte Herr Delacroix und streichelte meine Hand. Er schien zu zögern, fasste dann aber einen schnellen Entschluss. »Trotzdem«, sagte er, »trotzdem. Es muss sein. Ich rieche so stark aus dem Mund, dass ich mich schon selber nicht mehr ertragen kann.« Dann fügte er noch etwas in einer Sprache hinzu, die ich nicht verstand, und Tante Ida führte mich in die Küche hinaus.

In der Küche nahm sie meine Hand, beugte sich zu mir hinab und flüsterte: »Nun pass gut auf, August« – damals hieß ich August –, »du kriechst jetzt in diesen Schrank, machst dich ganz klein und bist mucksmäuschenstill, sonst ist es um dich geschehen.«

Ich bekam es mit der Angst und tat, was sie sagte. Als ich im Schrank versteckt war, stieß Tante Ida einen lauten, herzzerreißenden Schrei aus. Dann wartete sie eine Minute und ging schließlich zurück ins Wohnzimmer. Im Schrank konnte ich genau hören, was im Wohnzimmer gesprochen wurde. »Nun ist es vorbei«, sagte Tante Ida.

»Siehst du«, sagte Herr Delacroix, »es war bestimmt nicht so schlimm. Ich hatte auch einmal sieben Neffen. Jetzt habe ich nur noch zwei.«

Tante Ida seufzte. »Warum du mich nicht haben willst –«, sagte sie.

»Nein«, sagte Herr Delacroix, »die Zeit, Opfer zu bringen, ist in der Jugend. Nun ist es zu spät. Du bist alt, zäh und größtenteils ungenießbar.«

»Aber du bist doch mein Mann«, sagte sie.

»Ganz recht«, antwortete Herr Delacroix, »wärst du damals nicht davongelaufen, hätte unser Leben anders ausgesehen.«

»Ich war jung und unerfahren«, sagte Tante Ida. »Außerdem eine Weiße. Dass du das nicht verstehen kannst!«

»Aber ich habe dir doch verziehen«, sagte Herr Delacroix beschwichtigend. »Hast du ihn schon zerteilt?«

»Wen?«

»Deinen Neffen.«

»Ach so«, sagte Tante Ida. »Nein, noch nicht. Hast du mir wirklich verziehen, Mambo?«

»Wäre ich sonst hier?«, fragte Herr Delacroix. »Hätte ich mir sonst die Haut weiß gefärbt? Hätte ich sonst die lange Reise in dieses entsetzliche Land gemacht? Aber jetzt fang mit dem Kochen an! Mir läuft schon das Wasser im Mund zusammen.«

»Geh doch Gemüse kaufen«, schlug meine Tante vor.

»Gut«, sagte Herr Delacroix, »in einer halben Stunde bin ich wieder da.«

Dann hörte ich Herrn Delacroix weggehen, und kurz danach kam Tante Ida in die Küche und holte mich aus dem Schrank.

»Nun lauf nach Hause«, sagte sie, »und sage deinem Vater, ich könne morgen nicht kommen. Vielleicht übermorgen.«

»Ja«, sagte ich und machte mich aus dem Staub.

Als ich meinem Vater den Vorfall erzählte, meinte er: »Ida war immer ein anständiges Mädchen. Na ja, sie ist ja auch meine Schwester. Aber erzähl die Sache lieber nicht deiner Mutter!«

Später erzählte ich es aber doch meiner Mutter. Sie wollte es nicht glauben.

»Warum lügst du mich denn so schamlos an?«, fragte sie. »Geh spielen, aber spiel etwas Anständiges!«

Ich ging, und als ich mich im Türrahmen nach ihr umwandte, merkte ich, dass ihr wieder übel war.

Der zweitälteste Frauenberuf

Augen? Grün. Haare? Rot.
Mutter? Fürstin. Vater? Tot.
Besondere Kennzeichen? Nur mein Name.
Was ist Ihr Beruf? Selbstverständlich Dame
Dame! Ja, das steht in meinem Pass.
Das ist kein Beruf? Wer sagt denn das?
Ich rede, trinke, lache, fahre Ski.
Ja, glauben Sie, ich arbeit nicht wie Sie?

Ich treffe den indischen Swami
zum Lunch in Miami,
am gleichen Tag noch den Besitzer
von Nizza
am Pool.

Am Nachmittag muss ich nach Kuwait,
doch Kuwait ist zu weit
und außerdem ist dort der Emir
seit je mir
zu schwul.

Vor Jahren, als ich in Sankt Moritz war,
bei Sammys Barmitzwa,
vernaschte der Emir den Swami
und Sammy
zusamm'.

Der Sammy war damals erst dreizehn
und wollte die Schweiz sehn.
Errötend gestand mir der Emir:
Ich schäm mir,
Madame.

Sie sehn, mein Beruf kann sehr schwer sein
und irregulär sein.
Er fordert Geschick und Gestaltung
und Haltung
und Geld.
Er ist, das hat man neulich festgestellt,
der zweitälteste Frauenberuf der Welt.

Größe? Ja. Alter? Nein.
Waren Sie schon verheiratet? Könnte sein.

Scheidungsgrund? Sicherlich Reklame.
Was ist Ihr Beruf? Das sagte ich schon. Dame.
Dame! Ja, ich geb Ihnen mein Wort.
Ich rede, trinke, lache, treibe Sport,
ich gebe Partys und ich lass mich faszinieren
und ich helfe ein paar Herren beim Regieren.

Ich kenn alle griechischen Reeder,
auch mich kennt dort jeder.
Ich bin ihr Orakel von Delphi
und helf ih-
nen sehr.

Wenn mir ein Problem in den Schoß fällt,
dann frag ich den Roosevelt.
Es schätzt auch der Admiral Horthy
mein Wort i-
mmer mehr.

Vorm Schlafengehn teilen wir Länder
und ändern die Ränder.
Das hat ja bisweilen was Gutes.
Mir tut es
nicht weh.

Ich les beim Friseur in der Presse
die eignen Erlässe.
Der Marsch durch die halbe Ukraine
war meine
Idee.

So helf ich beim Länderverteilen,
zumindest einstweilen,
so was man an täglichem Krame
als Dame
halt tut,
vergieße da und dort ein bisschen Blut,
sonst ging's den Proletariern viel zu gut.

Der Hund

In Wien, wo die Stadt am verschwiegensten ist,
sitzt oft der Herr Maier beim Wein.
Und um zehn, wenn der Wein am gediegensten ist,
kommt er langsam ins Reden hinein,
und dann sagt er: Ich les in der Zeitung
nur von Rüstung und Kriegsvorbereitung.
Man will jetzt die Welt ausradieren
und die Wienerstadt atomisieren.
Also bittschön, ich will ja nix sagen,
aber eins liegt mir sehr schwer im Magen:

Wenn jetzt ein Krieg kommt, sagen S', was g'schiecht dann mit mein' Hund?
Mein Hund is g'wiss kein ordinärer Vagabund,
und wenn die Kugeln plötzlich knallen
und die Raketen obafallen,
was macht der Hund? Ja Kruzifix,
wenn er auch bellt, das nutzt ihm nix.
Es könnt ja sein, ein General wird leicht verruckt,
sodass er irgendwie aufs falsche Knopferl druckt.
Dann geht am End' die ganze Welt zugrund.
Das wäre fürchterlich, denn was macht dann mein Hund?

In China, wo jetzt die Chinesen regieren,
dort wünschen s' sich die Wienerstadt furt.
Das heißt nicht, dass dort nur die Bösen regieren,
aber die Guaten sind auch net sehr guat.
Die Russen, die schrei'n zwar: Genossen!

Aber ich will mich auf die net verlossen.
Wenn Russland und China zusamm' marschieren,
kann Österreich kapitulieren.
Also, ich hab Kommunisten net sehr gern,
aber ich würde mich trotzdem net ärgern.

Nur eines frag ich mich: Was g'schiecht dann mit
mein' Hund?
Mein Hund frisst täglich dreißig Deka feinsten Schlund.
Wenn jetzt ein Russe neben mir sitzt,
der auf das Hundefutter spitzt
und es ihm wegnimmt und es frisst,
dann wird mein Hund kein Kommunist.
Am besten wär's, die Russen bleiben in Russland stehn
und die Chinesen bleiben in China. Dort is's schön.
Denn so ein Krieg is doch auf kein' Fall g'sund.
Mir kann's ja wurscht sein, aber sagen S', was macht
mein Hund?

Nachgedanke:

Ich hab nur eine Frag': Zu was brauch ich ein' Hund?
Ich seh im Grund für einen Hund gar keinen Grund.
Er bellt mich an. Welch Kompliment!
Er frisst, was ich noch fressen könnt,
und wedelt dann, wie jede Gans,
als Dankbezeugung mit sein' Schwanz.
Er macht ins Zimmer und dann hupft er in mein Bett.
Er gibt brav 's Pfoterl, aber drucken tut er's net.
Er macht schön »Bitte«, doch ich frag: No, und?
Das kann ich selber, also z'was brauch ich ein' Hund?

Dann geht's mir gut

Ich servier jetzt schon so lang, dass ich's kaum glaube,
Kaffee und Torte, Braten, Weine, Biere
den Gästen im Hotel Zur Goldenen Traube.
Sie essen, sie beschweren sich, ich kassiere.
Sie essen große Steaks und kleine Fische,
sie spucken aus, sie bleiben mir was schuldig,
sie legen Makkaroni auf die Tische.
Mir geht's nicht schlecht. Ich bin nur ungeduldig.

Ich werde nicht der Erste sein,
der Handgranaten streute.
Ich werd auch nicht der Letzte sein.
So viel weiß ich schon heute.
Und wenn der Fackeln Widerschein
die Straßen hell erleuchtet
im Kampf für die Entmachteten
und die Verachteten,
krieg ich statt Trinkgeld
einen Eimer Blut,
dann geht's mir gut.
Dann geht's mir gut.

Ich werde nicht der Erste sein.
Dazu fehlt mir die Güte.
Ich werd auch nicht der Letzte sein
mit Bomben in der Tüte.
Ich bringe dem Herrn Staatsanwalt
sein Erdbeereis mit Früchten.

Und wenn dann dieser Nimmersatt
im Schlund mein Messer hat
und mit der Nase
in den Früchten ruht,
dann geht's mir gut.
Dann geht's mir gut.

Mir ist nicht bange,
ich zwing sie auf die Knie.
Schon viel zu lange
hab ich Demokratie.
Ich möcht vergessen,
will auch selbst was fressen.
Genug von Angst! Genug von Geld!
Ich möchte wissen, dass ich leb in dieser Welt.

Ich muss ja nicht der Erste sein.
Ich bleib gern in der Masse.
Doch werd ich nicht der Letzte sein.
Ich weiß ja, wie ich hasse.
Und wenn mich dann mein Junge fragt,
warum ich mich so freue,
zeig ich ihm vom Herrn Prokurist,
was von ihm übrig ist.
Und von Frau Amtmann
mit dem schönen Hut.
Dann geht's mir gut,
dann geht's mir gut.

Ich hab dich lieb

Die Muskelprotze grinsen auf der Wiese.
Die Wedekinder träumen sich ins Licht.
Die Schaukelpferde grasen in der Brise.
Die Gänseriche singen ein Gedicht.
Ein Habakuckuck zählt die alten Witze
und lacht nach jedem Witz, als wär er toll.
Ich sitze vor der Tür auf meinem Sitze
und seh nur das, was ich nicht sehen soll.

Da spürt man doch und weiß es auch:
Es hat was nicht geklappt.
Da regt sich was im Unterbauch
und man hat es nicht gehabt.
Da gibt man sich den Gnadenstoß,
weil etwas unterblieb.
Und jemand fragt: Was ist denn los?
Und man sagt: Ich hab dich lieb.

Die Kirschen sind so glücklich, weil sie stumm sind.
Sie können nicht erzählen, wer sie frisst.
Die Schwiegertöchter lachen, weil sie dumm sind.
Und ich lach mit, weil's nicht zum Lachen ist.
Das Lachen pflanzt sich fort und wird erbittert.
Die Schneckenkinder flüchten in ihr Haus.
Wir sind in irgendwas hineingeschlittert,
dort sitzen wir und können nicht hinaus.

Da spürt man's wieder fürchterlich:
Es hat was nicht geklappt.
Man sitzt auf seinem Federstrich
und man hat was nicht gehabt.
Der Gott, der mit dir Schlitten fuhr,
ist bestenfalls ein Dieb.
Und jemand fragt: Was hast du nur?
Und man sagt: Ich hab dich lieb.

Das Ganze ist ein Missklang voller Träume,
der träge in die Rumpelkammer fließt.
Wir Affen flüchten fröhlich in die Bäume
und warten, bis man uns hinunterschießt.
Wir fressen die vorhandenen Bananen
und jeder lobt die Leistung seines Munds.
Wir ahnen nichts von toten Karawanen.
Und diese wieder ahnen nichts von uns.

Jetzt spürt man erst, wie spät es wird,
zu spät, dass etwas klappt.
Das Datum stimmt. Der Wecker klirrt.
Und man hat was nicht gehabt.
Wer bin ich denn? Was mach ich hier?
Worin liegt mein Prinzip?
Und jemand fragt: Was wünschst du dir?
Und man sagt: Ich hab dich lieb.

Alles ist unzulänglich

Alles ist unzulänglich,
jedes Wort, jede Tat, die Musik.
Und ich sehne mich nach dem Zulänglichen.
Aber selbst das Zulängliche
ist zu länglich.
Also sehne ich mich nach dem Länglichen.
Aber auch das Längliche
ist unzulänglich geworden.
Also sehne ich mich nach gar nichts.
Und auch das ist nicht gar nichts,
sondern unzulänglich.

Die Flüsse sind geschlossen.
Die Himmel sind verriegelt.
Die Bäume liegen im Sterben.
Die Tiere werden dressiert.
Die Menschen sind schon verdorben.
Aus den Steinen werden Steinbrüche gemacht.
So geht alles in Brüche,
auch dieses, mein Testament.

Warum?

Warum sind die Leute so feige?
Dafür gibt's doch gar keinen Grund.
Ach, es sterben die blühenden Zweige,
und das Leben geht immer zur Neige,
doch sie halten verbissen den Mund.

Warum sind die Leute so träge
und befreien sich nicht aus der Not?
Ach, sie schlucken den Schlamm und die Schläge,
und der Sargtischler kommt mit der Säge,
doch sie schweigen sich durch bis zum Tod.

Warum sind die Leute so fügsam
und fürchten den leisesten Wind,
so wie Gerten, geschmeidig und biegsam,
und im Leben und Tode genügsam?
Sei nicht wie die Leute, mein Kind!

DIE ZUKUNFT, WIE SIE WAR

Blumengießen

Wenn es dunkel wird in Alabama
und die Neger zücken ihr Gewehr,
dann geh ich Blumengießen, Blumengießen,
und von Neckermann
schaff ich Samen an.

Wenn's brenzlig wird in Yokohama
und man fragt sich dort: »Wo kommt das her?«,
dann geh ich Blumengießen, Blumengießen,
denn das Immergrün
macht mein Zimmer grün,

und den Winterheckenkräutern,
Ringelblumen, Thymian und Mohn
kann man Politik ja nicht erläutern.
Wo ist mein Kerbelkraut? Ach ja, da ist es schon!

Fern in Asien passiert ein Drama,
in Belutschistan marschiert ein Heer,
und ich geh Blumengießen, Blumengießen,
und mein Blätterkohl
fühlt sich pudelwohl
beim Blumengießen, Blumengießen.
Herz, was willst du noch mehr?

Ich gieß Kokardenblumen und Ziegenbart,
ich gieß Studentenröschen und Streu,
ich gieß die Schlotterhose und den Katzenstart,
ich gieß Totentrompete und Heu,
ich gieß das Schlangenmaul und den Tränenschwamm,
ich gieß die Hundsblumen und das Korn,
ich gieß Schnuderbeeribaum und Hexenkamm,
ich gieß Mönchsrhabarber und Sporn,
Pfefferblümchen, Zuckerrohr,
Wanzenkirsche, Schweineohr,
Heidenröslein und Nackter Kavalier,
Sauerampfer, Teufelsbraut,
Guter Heinrich und Judenkraut,
alle decken ihren Fressbedarf bei mir.

Ach, mein Nachbar soll zu den Soldaten,
und wer weiß, ob wir uns wiedersehn,
denk ich beim Blumengießen, Blumengießen.
Meine Träne floss
auf den Spargelspross.

Die Schwester ging zum Advokaten.
Ihre Kinder leiden unter Föhn.
Sie sollten Blumengießen, Blumengießen.
In der Gurkenzeit
braucht man Feuchtigkeit.

Alle wollen etwas ändern.
Keiner will die Zukunft, wie sie war.
Grünes gibt's in aller Herren Ländern,
das steht genauso da wie im vergangnen Jahr.

Doch den Leuten ist da nicht zu raten.
Keiner merkt, dass ich ihn übertön
mit meinem Blumengießen, Blumengießen.
Ich schneid Ritterwurz
und die Stauden kurz,
bind Tomaten fest –
Kampf der Raupenpest! –
und mein Garten blüht,
und mein Garten ist schön.

Über die Zukunft

Und dann setzt sich einer auf die Zukunft.

Die Leute bemerken ihn nicht. Sie bemerken nur, dass ihre Zukunft verrammelt ist. Er aber sitzt.

Er sitzt, als wolle er Eier legen, und manchmal erzählt er den Leuten sogar, dass er Eier lege, und die Leute glauben ihm.

Wenn die Leute unruhig werden und ihn fragen, was mit den versprochenen Eiern sei, erzählt er ihnen, dass er sich sehr bemühe, und dann tut er so, als versuche er, Eier herauszudrücken.

Aber man weiß ja, was herauskommt, wenn man stark drückt.

Dann verspricht er einem von den Leuten die Zukunft, das heißt, er verspricht ihm, aufzustehen und die Zukunft mit ihm zu teilen. Aber er steht nicht auf.

Er verspricht einem Zweiten und einem Dritten, die Zukunft mit ihnen zu teilen. Aber er steht nicht auf.

Die drei beschützen ihn, damit sie die Zukunft nicht auch mit anderen teilen müssen. Aber er steht nicht auf.

Die drei werden unruhig und fragen ihn, wann er aufzustehen gedenke. Da erzählt er einem Vierten, Fünften und Sechsten, dass die drei die Zukunft für sich behalten wollten, worauf die zweiten drei die ersten drei beseitigen. Aber er steht nicht auf. Eines Tages wird die Situation unhaltbar und er steht auf. Die Zukunft tritt ein.

Alle Leute sehen, dass es sich nicht gelohnt hat, sie zu begehren. Alle Leute wollen eine bessere Zukunft. Aber auf der besseren Zukunft sitzt schon wieder einer.

Wenn ich wenigstens meine Träume hätt

Man hat mir genommen den Stein, auf dem ich saß
und meine Trauben aß.
Man hat mir genommen den Frühlingsschmerz
und aus meinem Kopf das Herz.
Man hat mir genommen die Ruhe aus meinem Lied
und was am Mond geschieht.
Auch ich bin jetzt Sklave und denke fest
an das, was sich denken lässt.
Was ein jeder denkt, denk ich gehorsam mit.
Alles andere ging verschütt.

Wenn ich wenigstens meine Träume hätt!
Doch auch die sind irgendwo, ganz weit von hier.
Hilf mir doch! Spiel mit mir!
Lass uns zu zweit in einem Husch verschwinden!
Lass uns was finden, das uns niemand – außer uns!

Wenn man wenigstens einen kaufen könnt!
Doch die Träume, die man kauft, sind stereo.
Hilf mir doch! Lauf nicht so!
Draußen ist immer noch kalter Winterschlussverkauf.
Mach ja nicht deine Augen auf!
Schweig davon!
Traum steht nicht zur Diskussion.

Früher war ein Traum aphroditisch,
heute ist ein Traum neurotisch und politisch.
Unser Leben gleicht dem Butterbrot:
Wenn man auf die Butterseite fällt, dann ist man tot.

Wenn ich wenigstens meine Träume hätt!
Doch die Träume, die ich träum, sind Bürgerpflicht.
Hilf mir doch! Stirb noch nicht!
Führ mich hinaus von hier, in den deutschen Steppenwind,
wo illegale Träumer sind!
Kennst du das Land, wo die Schablonen blühen?
Von dort möcht ich mit dir nur fort, Geliebte, ziehen.

Die große Zeit

Die Erde dreht sich um den Mond.
Die Sonne dreht sich um die Erde.
Der Fortschritt macht uns viel Beschwerde.
Ich glaub, er hat sich nicht gelohnt.
Die Forscher zählen Elektronen.
Die Kybernetik macht noch Müh'.
Ich möchte nicht alleine wohnen –
und wohn allein seit heute früh.

Er will noch andere kennenlernen.
Er sagt, sein Weg führt noch sehr weit.
Auch mir ist es klar.
So schön, wie es war,
wir leben in einer großen Zeit.

Wir fliegen auf zu fremden Sternen,
besiegen bald die Ewigkeit.
Was hat er bei mir?
So leer ist es hier.
Wir leben in einer großen Zeit.

Ja, als die Zeit noch kleiner war,
da blieb man gern im Haus.
Das Schweigen war so wundersam.
Man wusste, wann der Sommer kam,
und ließ kein Stündchen aus.

Wie schnell zwei Körper sich entfernen!
Man spricht ein Wort und ist befreit
und lächelt sogar.
Ein reizendes Jahr!
Wir leben in einer großen Zeit,

der Zeit, in der man lieben lernt,
auch wenn man's gar nicht will.
Schon morgen ist die Stimme fremd,
die Lippen werden fortgeschwemmt,
die Augen schweigen still.

Man kann mit niemand drüber reden.
Die Leute finden es gescheit.
Und friert's dich im Wind,
dann sag nur geschwind:
Die Sonne ist leider noch sehr weit.
Wir leben in einer großen Zeit.

Warum weinst du so

Die Welt ist vielerlei.
Fürs Leben ist sie nichts.
Man sieht nur zu dabei
am Rande des Verzichts.

Für Steine taugt sie was,
doch wer ist schon ein Stein?
Den Dummen fällt nichts auf,
den Klugen fällt nichts ein.
Tiere bleiben dumm,
Menschen bleiben schlecht,
Blumen fallen um.
Das ist nicht gerecht,
doch der liebe Gott bleibt inkognito.
Also warum weinst du so?

Oben schnuppt ein Stern,
aber der ist weit.
Hättest du ihn gern?
Tut mir schrecklich leid,
denn was du begehrst, leuchtet anderswo.
Also warum weinst du so?

Wein nicht um Geschichten!
Wein nicht! Musst verzichten.
Tränen sind später auch
nur Rauch.

Wolken bleiben nass.
Kinder brauchen Zeit.
Regen fällt ins Fass,
außer wenn es schneit.
Keiner, der tief liebt, wird der Liebe froh.
Also warum weinst du so?

Wein nicht um das Später!
Wein nicht in den Äther!
Tränen versickern bald
und kalt.

Lass es, wie es fällt!
Stirb zur rechten Stund'!
Dunkel ist die Welt,
dunkel jeder Grund.
Überall ist Eis. Friert dich nicht zu sehr?
Fällt dir der Verzicht so schwer?
Komm, mein Kind, und wein nicht mehr!

Der Zyniker

Ein wonniger, inniger Zyniker wandelte wermutbewegt
durch Verona.
Die Linien der Pinien züngelten zynisch den Zyniker an in
persona.
Durch seine cinzanozerstaubten Arterien zuckte das dortige
Klima.
»Es zitterte Romeo«, sagte der Zyniker, »ziemlich in Julias
Zima.
Es zitterte zusätzlich Julia«, sagte der Zyniker, »das ist ganz
sicher.«
Und bei dem Gedanken an Julias Zittern erblich er.

Der Zyniker setzte sich zögernd auf einen vom Zollamt
beschlagnahmten Schlitten.
»Verona ist zünftig«, zitierte er züchtig, »doch hat es durch
Shakespeare gelitten.
Denn wenn ich zerlege, was Shakespeare zerstört mit den
ewigen faden Duellen,
mit zottigen Zoten und scheintoten Toten und modrigen
alten Kapellen,
und wenn ich ferner zerlege das hiesige Klima, die hiesigen
Preise
und mein eigenes Zima in meinem Hotel, dann ist es mir
leid um die Reise.
Ich fahre nach Velden, denn über Velden gibt's weder von
Goethe noch Schiller
noch Shakespeare noch sonst einem zornigen Engländer ei-
nen veralteten Thriller.

Auch ewige Liebe ist selten in Velden, und wenn, gibt es
keine Belege.«
Und er zerhob sich zermürbt und zerging seiner Wege.

Die letzten Tage

Erzähl mir ein altes Märchen!
Hol mich doch zu dir hinein!
Beschreib mir die kleinen Stunden!
Warst du je in Großwardein?

Wo ist heute Großwardein?
Nirgendwo. Weißt du das?
Traurig, traurig sitzt der alte Kohn im Teutoburger Wald.
Traurig, traurig wartet er auf irgendwas.

Komm näher! Zeig deine Augen!
Bau uns eine Gnadenfrist!
Die Stille schlägt einen Haken,
weil sie nicht magnetisch ist.

Wo ist unsere Eisenbahn?
Kommt sie noch? Monatlich?
Traurig, traurig sitzt der alte Kohn am Brandenburger Tor.
Traurig, traurig wartet er auf dich und mich.

Nur ein Funkamateurgerät
sendet ein Nachtgebet,
weil doch die Welt jetzt zugrunde geht.
Und vertrauensvoll
abschließend das Deutschlandlied in Moll.

Uns beiden bleibt nur das Märchen
oder eine Melodie.
Die Wolke kommt immer näher.
Menschen tun das leider nie.

Weißt du, wie der Sommer war?
Veilchenblau? Schneckenhaus?
Traurig, traurig sitzt der alte Kohn in Oberammergau.
Traurig, traurig kauft er einen Blumenstrauß.

Traurig, traurig schreibt der alte Kohn ans Enkelkind
nach Wien.
Traurig, traurig nimmt er seine Medizin.

Und endlich gibt's keine Hoffnung,
kein Morgen, kein Happy End,
nur Trauer und die Befreiung,
die Liebe und den Moment.

Humor

Was man mit dem Leben alles machen könnte,
wenn man über alle Leute lachen könnte!
Wenn's noch Götter gibt, die uns bewachen müssen,
können es nur solche sein, die lachen müssen.

So wie wir von Ziegen oder Gänsen reden,
müssen die von Greten und von Hänsen reden.
So wie wir in Kinos und Konzerten lächeln,
müssen die bei Gräbern und Gelehrten lächeln.

Ich kann mir gut vorstell'n, wie sie röhren müssen,
wenn Soldaten Fahneneide schwören müssen,
wenn die Völker ihren eignen Tod verkaufen
und mit letzter Kraft ihr letztes Brot verkaufen,

wie sie sich vor Lachen einfach biegen müssen,
wenn die Menschen glauben, dass sie siegen müssen,
oder wenn sie glauben, dass sie siegen können
und durch Leiden das und jenes kriegen können.

Ach, es käme nie zu dieser Weltmisere,
wenn das Leben trauriger und ernster wäre,
wenn man nicht die Starken und die Schwachen hätte
und der liebe Gott nichts mehr zu lachen hätte.

Wartest auch du?

Was dir passiert, das ist auch mir passiert.
Was uns passiert, passiert der Welt.
Was dort passiert, das ist auch hier passiert,
als hätten's beide im Himmel bestellt.
Was ich mir wünsch, das wünschen andere,
weil stets geschieht, was schon geschah.
Und ganz egal, wohin ich wandere,
am Ende merke ich, du warst schon da.

Wartest auch du auf eine Wiese?
Wartest auch du auf einen Baum?
Rechnest auch du, nach Adam Riese,
am Donnerstag nach Nimmerlein
mit einem Meter Sonnenschein?
Wartest auch du auf einen Anfang?
Wartest auch du aufs Happy End?
Und wünschst du dir vergeblich, dass ich dir etwas sag?
Genau das wünsch ich mir seit Jahr und Tag.

Erst gestern war ich bei der Feuerwehr
und wünschte brennend, dass man sie nicht braucht.
Doch weil die Feuerwehr dann ziemlich teuer war,
hat es im Warenhaus sehr bald darauf geraucht.
Ich selber hab das Ding in Brand gesteckt.
Doch weil den Warenhausbesitzer das so stört,
hab ich mich ebenfalls in ein Feuerwehrgewand gesteckt
und half beim Löschen, so wie es sich gehört.

Wartest auch du auf so ein Feuer?
Wartest auch du, dass man es löscht?
Freust dich auch du so ungeheuer,
wenn jemand ein Gedicht verfasst,
mit dem du nicht gerechnet hast?
Wartest auch du auf frohe Ostern?
Wartest auch du auf freie Sicht?
Und suchst du schon seit Jahren, von Leidenschaft beseelt,
den einen Zentimeter, der noch fehlt?

Wer niemals in den eigenen Garten kann,
wird nicht erfahren, was dort über Nacht geschah.
Und wer das Ende nicht erwarten kann,
der war am Anfang wahrscheinlich gar nicht da.
Die Zeit steht still, nein, sie bewegt sich nicht,
und nur die Taschenuhr macht uns das Leben schwer.
Ein Gartenzwerg, Geliebte, der erregt sich nicht,
nur wir erregen uns und warten dann wie er.

Wartest auch du auf die Legende?
Wartest auch du auf einen Brief?
Warten ist gut. Es hat kein Ende.
Die Kunst, selbst die entartete,
stand auch nur ’rum und wartete.
Wartest auch du auf die Erleuchtung?
Wartest auch du auf dein Talent?
Wir warten und verzichten und sehnen uns entzwei.
Auch wenn wir uns versteifen drauf,
wir warten und wir pfeifen drauf
und binden rosa Schleifen drauf
im Mai.

Hat jemand hier vielleicht Mathias gesehen?

Hat jemand hier vielleicht Mathias gesehen?
Hat jemand hier vielleicht Mathias gesehen?
Ich fürchte sehr, wir haben ihn verloren.
Er kann so viele Dinge noch nicht verstehen.
Hat jemand hier vielleicht Mathias gesehen?
Er wurde erst am Donnerstag geboren.

Kaum dass er hier war,
drückte ich ihn an mich.
Als er bei mir war,
da war er doch bei sich.
Er weinte lange
und fand das Zimmer kalt und wollte gehen.
Hat jemand hier vielleicht Mathias gesehen?
Er blieb vielleicht bei einem Backofen stehen,
er hat ja, seit er hier ist, stets gefroren.

Wenn Sie ihn sehen sollten,
sagen Sie ihm bitte leise,
dass Sie nicht stören wollten
auf seiner ersten Reise,
und rühren Sie ihn bitte gar nicht an!
Erzählen Sie ihm nur, ich möchte ihm etwas sagen,
das er noch nicht wissen kann.

Nämlich: Es gibt ja auch Kontraste.
Manches in dieser Welt ist gut.

Träume gibt's bei Tag,
und Verzeihung gibt's bei Nacht,
und fast für jeden Menschen
lebt ein ihm gemäßer zweiter irgendwo.
Eines Tags kommt der Moment,
wo er den ganz klar erkennt.
Das Erkennen nennt man Liebe.
Diese ist vielleicht vergebens,
aber doch der Sinn des Lebens.

Hat jemand hier vielleicht Mathias gesehen?
Hat jemand hier vielleicht Mathias gesehen?
Er wartete nicht ab, er ging voraus.
Ich will zur Vorsicht noch mal nachschauen gehen.
Er könnte irgendwo noch lauschen und stehen.
Dann hol ich ihn sofort zurück nach Haus.

Vielleicht ist er der Schlaue
bei seiner Fahrt ins Blaue …
und kommt am Schluss nach Hause
nach hundert Jahren Pause …
und nachdem wir verschwanden,
ist er allein vorhanden …

Vorletztes Lied

Es hat keinen Sinn mehr, Lieder zu machen,
statt die Verantwortlichen niederzumachen.
Es hat keinen Sinn mehr, Worte zu wählen.
Die Zeiten sind vorbei.

Es hat keinen Sinn mehr, Lacher zu sammeln,
statt ein paar tatkräftige Macher zu sammeln.
Es hat keinen Sinn mehr, Reime zu schmieden.
Die Zeiten sind vorbei.

Es hat keinen Sinn, den Zug zu versäumen
oder von zukünftigen Taten zu träumen.
Schlagt die Pointe entzwei!
Sie macht unsere Kinder nicht frei.

Es hat keinen Sinn, ins Blaue zu schießen,
statt einem Reichen auf die Klaue zu schießen.
Es hat keinen Sinn, auf Sprache zu bauen.
Die Zeiten sind vorbei.

Vergesst unser Hoffen! Begrabt unser Trauern!
Lasst euch die Zukunft nicht durch Sänger versauern!
Wenn sich der Dichter verneigt,
besorgt eure Sache und schweigt!

Erfüllt sie mit Furcht, die hassen und lachen!
Lasst die Komödien zum Leben erwachen!
Es hat keinen Sinn mehr, Lieder zu machen.
Die Zeiten sind vorbei.

Der Einfluss Georg Kreislers auf die Literatur der Welt

Das Kreisler'sche Schrifttum ist so weltumspannend, dass wir lediglich drei kleine Ausschnitte wählen können, um die Größe Kreislers zu belegen. Diese drei Ausschnitte stammen aus den berühmten Aufzeichnungen des amerikanischen Physikers Smyth, die zusammengefasst den Titel tragen: »Ich kannte Kreisler nicht.« (»I didn't know Kreisler existed.«) Wie man sieht, reicht Kreislers Einfluss auf die Literatur der Welt bis in die entferntesten Dörfer eines noch recht unbekannten Kontinents.

Aus dem vierten Kapitel, S. 511:

Heute Morgen ging ich mit meinem Kollegen Prof. Dr. Wissont-Latasch in das Neue Museum für Geschichte und Keramik. Als ich ihn abholte, war er bereits sehr aufgeregt, da er noch nicht gefrühstückt hatte. Ich bot ihm saure Drops an, die ich zufällig in meiner Manteltasche fand, aber sie waren bereits alt, also hielt er sie für Mottenkugeln und spuckte sie wieder aus.

Das Museum geht auf eine Initiative des Alpenvereins von Terre Haute, Indiana, zurück. Warum es in New York steht, weiß ich nicht. Ich befragte Prof. Wissont-Latasch, der jedoch antwortete, zuerst müsse er frühstücken. Ich bot ihm einen Pfirsich an, den ich zufällig in meiner Manteltasche fand; doch er war bereits angebissen, und da Prof. Wissont-Latasch es ablehnte, andere Leute um ihr Essen zu bringen, spuckte er den Pfirsich wieder aus.

Das Museum ist vor allem bekannt, weil die Erstbesteiger des Ossiacher Sees einmal darin nächtigten. Sie schlugen ihre Zelte im Saal Nr. 4 auf, direkt gegenüber der großen Keramik von Frau Noah J. J. Johnson, einer Enkelin des bekannten Adolf Johnson. Die Keramik stellt einen Engel dar, der mit einem Pferd rauft, wobei das Pferd gewinnt.

Nachdem die Zelte aufgeschlagen waren, machte sich die Truppe auf die Suche nach Nahrung. Man fand auch diverses Geschirr (Keramik), welches jedoch niemand essen wollte. Man beschloss daher, verzweifelt und hungrig zu Bett zu gehen, als einer der Teilnehmer bemerkte, dass er seinen Pyjama zu Hause vergessen hatte. Er wurde als Wachtposten aufgestellt, und nur die anderen gingen verzweifelt und hungrig zu Bett.

Im Saal Nr. 4 befindet sich auch eine berühmte Landkarte von Siam. Sie unterscheidet sich von anderen Siam-Karten dadurch, dass nicht nur Bangkok auf ihr verzeichnet ist, sondern auch London, Antwerpen und Baden-Baden. Früher befand sich diese Karte im Saal Nr. 23 im alten Westflügel. Als jedoch der alte Westflügel etwas lahmte, entschloss sich die Direktion, die Karte in den Saal Nr. 4 zu verlegen. Der Archäologe Dr. Brtzk wurde eigens aus Baden-Baden geholt, um diese Verlegenheit zu überwachen. Ich fragte Prof. Wissont-Latasch, ob nicht ein Zusammenhang darin bestünde, dass Dr. Brtzk aus Baden-Baden stamme und gleichzeitig Baden-Baden auf der Siam-Karte verzeichnet sei. Prof. Wissont-Latasch erklärte, erst frühstücken zu müssen. Ich bot ihm etwas Birchermüsli an, das ich zufällig in meiner Manteltasche fand, doch da es bereits verschimmelt war, hielt er es für Penicillin-Kulturen aus meinem Laboratorium und spuckte es wieder aus.

Wir besichtigten sodann den Saal Nr. K und stießen dort auf das Bett der Kaiserin Elisabeth von Österreich. Es war nicht sehr bequem, und das Laken fehlte. Sobald Prof. Wissont-Latasch das Bett sah, erinnerte er sich, dass er nicht gefrühstückt hatte, und begann zu weinen. Ich bot ihm einen Handschuh an, den ich zufällig in meiner Manteltasche fand, und er hielt ihn für eine Schuhsohle und aß ihn auf.

»Ich habe selten so gut gefrühstückt«, strahlte er danach. »Kennen Sie Kreisler?«

Aus dem siebenundzwanzigsten Kapitel, linke Seite:

In unserem Hause wohnte ein gewisser Heinz Müller, von Beruf Sklave. Präsident Lincoln hatte zwar die Sklaven befreit, aber das waren nur die Negersklaven gewesen, und Heinz Müller war ein Weißer.

Den ganzen Tag litt er und sang lustige Lieder dazu. »Ach ja«, seufzte er, »wenn ich nur ein freier Mensch wäre, hollodrio!« Meine Frau fesselte ihn manchmal mit eisernen Ketten und gab ihm Brot und Wasser.

Eines Tages war er verschwunden. Wir hielten es für unmöglich, dass er geflohen sein konnte, ohne die gesetzliche vierzehntägige Kündigungsfrist einzuhalten. Daher tippte ich auf Mord und verständigte die Polizei.

Der Kriminalkommissar untersuchte meinen Whisky und sagte, dass da nichts zu machen sei, außerdem könne ich mir ja einen neuen Sklaven kaufen. Also forschte ich auf eigene

Faust nach. Heinz Müller hatte einen Bruder in der Schweiz, das wusste ich. Ich reiste in die Schweiz – ich glaube, das betreffende Städtchen heißt Zürich oder so ähnlich – und fragte alle Leute, die ich traf, ob sie nicht zufällig einen gewissen Müller kannten.

Eines Tages saß ich ziemlich verzweifelt in meinem Hotelzimmer, als mir der Page einen Besuch meldete. »Wie heißt er?«, wollte ich wissen.

»Kreisler«, sagte der Page.

»Wie?«, fragte ich.

Aus dem zweihundertundzwölften Kapitel, vierter Absatz, dritter Paragraph, achter Stock, Tür drei:

Für den Physiker ist es natürlich von primärer Bedeutung, dass die Erhitzung der Flüssigkeit nicht so vor sich geht, dass durch die Beimengung von Jodchloroxychinolin Phenonylammonmoleküle frei werden, die eine Hydrochlorinkataklyse verursachen könnten, vor allem dann nicht, wenn die Nachbarn etwas merken. Etwaige Pilzbildungen sind abzustreifen, desgleichen Champignons. Übrigens ist es eine alte Weisheit, dass Äthylendodecyldimenthyl mit äußerster Vorsicht zu genießen ist, keinesfalls auf nüchternen Magen. Am besten benützt man dafür eine in Seifenlauge ausgewaschene Pappschachtel, die in jeder Apotheke gegen ärztliches Rezept zu haben ist.

Meine Studenten haben bei diesem Experiment in Spanien gegen Ende des Sommers interessante Reaktionen an den Krähen festgestellt. Wenn man einer Krähe Benzylbromatsäure auf den Schwanz streut, fliegt sie weg. Die Krähen im nördlichen Chile reagieren nicht anders. Ein junger Student namens Krausler oder Kräusler berichtet zwar, dass eine einzige Krähe nicht wegflog, doch messe ich dem keine Bedeutung bei, da Krasler oder Krüsler sehr kurzsichtig war und vielleicht übersah, dass die Krähe nicht mehr lebte.

Inhalt

Wenn nicht Liebe, was sonst

Sterben Sie eigentlich gern?

Der Mensch sieht fern

Wir sind alle Terroristen

Was tut man, um zu sein?

Die Zukunft, wie sie war

Erstausgabe
1. Auflage

Umschlaggestaltung: Zero Werbeagentur, München
Umschlagmotiv: ullstein bild / Ingo Barth
Satz: Greiner & Reichel, Köln
Druck und Bindung: CPI – Clausen & Bosse, Leck
Printed in Germany 2013
ISBN 978-3-85535-368-2

www.atrium-verlag.com